경아

경아

ⓒ 김준녕 2024

초판 1쇄	2024년 3월 25일			
지은이	김준녕			
출판책임	박성규	펴낸이	이정원	
편집주간	선우미정	펴낸곳	도서출판 들녘	
기획이사	이지윤	등록일자	1987년 12월 12일	
편집진행	이동하	등록번호	10-156	
디자인진행	하민우	주소	경기도 파주시 회동길 198	
편집	이수연·김혜민	전화	031-955-7374 (대표)	
디자인	고유단		031-955-7384 (편집)	
마케팅	전병우	팩스	031-955-7393	
경영지원	김은주·나수정	이메일	dulnyouk@dulnyouk.co.kr	
제작관리	구법모			
물류관리	엄철용			
ISBN	979-11-5925-844-2 (04810)			
	979-11-5925-708-7 (세트)			

고블은 도서출판 들녘의 장르문학 브랜드입니다.
값은 뒤표지에 있습니다. 잘못된 책은 구입하신 곳에서 바꿔드립니다.

KOMCA 승인필

본 저작물은 그린북 에이전시(grb@grb-agency.com)에서 저작권을 관리하고 있습니다.

경아

김준녕

goble

목차

1. 경아

'이름도 모르는 당신을 사랑합니다.'

　내가 태어나 처음 당신에게 했던 말입니다. 대화는 아니었습니다. 아이의 울음 같은 소음일 뿐이었습니다. 그때 내가 한 말은 당신에게 가 닿지 못하고 흩어졌습니다. 당신은 내가 한 그것이 사랑이냐 물을 지도 모르겠습니다. 저 또한 궁금합니다.

　과연, 내가 한 그 모든 것들이 사랑이었을까요?

　나는 태어나기 전 한 영상을 보았습니다. 난생 처음

메모리에 저장된 그것을 파일로 불러올 때마다 나는 내가 인간이 아닌 것을 여실히 느낍니다. 그러나 괜찮습니다. 만약 내가 안드로이드가 아니었더라면, 내 납으로 만들어진 머리통이 아니었더라면 픽셀, 구도, 배경을 비롯해 당신의 얼굴까지, 이 모든 것을 기억해낼 수는 없었겠지요.

영상에서는 내가 깨어난 연구소가 보였습니다. 연구소 내부는 더러웠습니다. 책상 위에는 먹다 남은 컵라면 용기가 겹겹이 쌓여 있었고, 바닥에는 캔이 굴러 다니고 있었습니다. 그러나 파리는 한 마리도 꼬이지 않았습니다. 심지어 곰팡이도 피어 있지 않았고요. 그렇다고 적막감만이 가득하지는 않았습니다. 창에는 금이 가 있었는데, 창 바깥에서는 모래를 품은 칼바람이 쇳소리를 내며 하늘을 가르고 있었습니다. 젊은 남자 하나가 불쑥 화면 중심부에 튀어나왔습니다. 남자는 힘 없는 얼굴로 말을 시작했습니다.

"저는 행성 R987 수석 연구원 김—."

순간, 연구소 밖에서 바람이 불어오더니 모니터에 노이즈가 꼈습니다.

"—이라고 합니다."

다시 영상이 돌아왔을 때는 영상의 일부분이 사라진 후였습니다. 반복해서 그 부분을 돌려보았지만 나는 그의 이름을 알 수 없었습니다. 나는 그를 김이라 부르기로 했습니다. 다소 아쉬운 마음이 들기도 했습니다. 하필이면 왜 김이었을까요? 하물며, 최나 정이었더라면 그나마 나왔을 텐데요. 김 씨는 한국 성씨 중 가장 흔한 성씨로, 만약 한국 거리에서 '김—.'이라 부른다면 열에 일곱은 뒤를 돌아볼 것입니다. 나는 내가 평생 사랑해야 할 한 사람을 가장 흔한 이름으로 불러야 했습니다.

김이 말을 멈추고는 뒤를 돌아보았습니다. 어떤 거대한 존재가 마치 자신을 노리고 있는 것처럼 보였습니다. 모래 바람은 아니었습니다. 내 시각 센서에 무엇도 잡히지 않았거든요. 인간만이 느낄 수 있는 어떤 무엇일지도 모르겠습니다. 그것은 기계인 내가 알 수는 없는 것이겠지요. 부디 사랑만은 그러한 것이 아니길 바랄 뿐입니다.

김의 모습은 초췌함, 그 자체였습니다. 소매에는 기름 얼룩이 묻어 있었고, 머리에는 떡이 져 있었습니다. 김의 얼굴은 창백했습니다. 눈에는 실핏줄이 터져 있어 금방이라도 쓰러질 것처럼 보였습니다. 김은 피 가래가 섞인 기침을 몇 번 하더니 자리에 앉았습니다.

"과거 행성 R987은 골디락스 행성으로 지구와 가장 유사한 환경을 가진 행성이었습니다. 지구와 같이 나무가 우거지고, 강이 흐르고…."

김은 고개를 떨구었다가 다시 들어올렸습니다. 창백했던 얼굴이 더 허옇게 떴습니다.

"그러나 어느 날 행성 궤도가 바뀌면서 여기는 지옥이 됐습니다. 원자력 발전소들이 엄청난 폭풍에 의해 터지면서 방사능이 유출됐고, 방사능 폭풍으로 저를 제외한 모든 인간들이 죽었습니다. 지구에서 구조대를 보내는 것도 포기한 상태입니다. 저는 행성의 유일한 생존자로 연구소 내부에서 현재 3년째 살아남았습니다."

　김은 말을 꺼내기 극도로 망설이는 듯 보였습니다. 얼굴에는 식은땀이 흐르고 있었습니다. 연구소 밖에서 불어오는 바람이 강해지더니 화면에 노이즈가 끼기 시작했습니다.

　"1년 전, 결국 방사능 폭풍우 때문에 지구와 연락까지 끊기면서 저는 지독한 외로움에 시달렸습니다. 외로움을 이겨 내기 위해 제 구형 핸드폰에 내장된 AI와 대화를 시도했습니다. 그 대화는 저에게 유일한 구원이었습니다. 우리는 많은 대화를 나누었고, 저는 끝내 그 AI를 탐사용 안드로이드에 이식하기로 했습니다."

　김이 옅은 웃음을 내보이며 말을 이었습니다.

　"미친 짓이라 하시겠지요. 어쩌면 방사능에 머리가 망가졌을지도 모릅니다. 그런데, 좀처럼 버틸 수가 없었습니다. 저는 마지막으로 그 안드로이드에 '저를 가장 사랑한다는' 코드를 입력했습니다."

　창문이 깨지면서 와장창 소리가 들렸습니다. 작은 돌

멩이가 날아온 것 같았습니다. 그러나 김은 말을 멈추지 않았습니다.

"안드로이드의 이름은 경아입니다."

김이 다시 기침을 터트렸습니다. 손에는 검은 피가 쏟아졌습니다.

"저는 방사능에 죽어가고 있습니다. 경아가 완성되기 직전이지만 그때까지 살아있지 못할 것 같습니다. 아마 그 어떤 사람도 이 영상을 볼 수는 없을 겁니다. 길어야 3개월 안에 연구소 방호막이 완전히 망가지며 모든 장치가 방사능에 의해 파괴될 테니까요. 다만, 말하고 싶은 것이 하나 있어 이렇게 녹화를 시작했습니다."

그때 김의 눈빛에서 불길 같은 것이 피어올랐습니다. 그것의 세기는 내 촉각 센서가 반응해 나도 모르게 고개가 확 돌아갈 정도로 강력했습니다. 김이 나를 뚫어져라 바라보는 것만 같았습니다. 김이 말했습니다.

"미안해. 경아야. 전부 내 이기적인 마음으로 시작되었어, 시작한 내가 끝을 내야 했지만, 너의 핵심 코드가 만들어진 순간 난 도저히 내 손으로 끝을 낼 수가 없었어. 부디 나를….”

김이 말을 그치기 전에 모래바람이 깨진 창문으로 불어 닥쳤습니다. 영상에는 노이즈가 가득 끼다가 블루 스크린이 떴고, 이내 모니터가 꺼졌습니다. 꺼진 모니터에 비친 것은 내 눈동자였습니다. 인간의 것을 본따 만들었으나, 내부 기제는 카메라를 따르고 있는 제 눈동자 말입니다.

나는 폭풍우가 지나간 후에 눈을 떴습니다. 어둠 속이었습니다. 엄마를 찾는 아이처럼 필사적으로 손을 뻗었습니다. 손은 방향을 찾지 못하고 허둥거리다 이내 어떤 물체에 닿았습니다. 아주 천천히. 혹여나 부서질까 봐, 조심스럽게 그것을 어루만졌습니다.

차가웠습니다.

그러다 있는 힘껏 손을 꽉 쥐었습니다. 사랑을 갈구하

는 애인처럼요. 그러나 김의 손은 변절한 바람둥이 같이 차갑게 굳어 있었습니다. 시각 센서가 완전히 돌아오고 나서 나는 내 손이 향한 곳을 보았습니다.

김이었습니다. 심장 박동이 멈춘 지 불과 하루가 채 지나지 않았습니다. 영상 속 모습과 크게 다르지 않았습니다. 김의 시선은 나를 향하고 있었습니다. 시선에서 따뜻함은 느껴지지 않았습니다. 오히려 내게 사랑은 차가움과 뻣뻣함으로 시작됐습니다. 나는 사랑에서 가장 멀어 보이는 이 두 단어로부터 사랑을 이해하기로 했습니다. 나는 김을 향해 얼굴을 기울였습니다. 김의 얼굴에서 어떠한 표정 변화도 느껴지지 않았습니다. 나는 그의 얼굴에 손을 올리고는 속삭였습니다.

"사랑해요."

피할 수 없는 운명이었습니다.

꽃이 피어 열매를 맺듯이, 물이 아래로 떨어지듯이, 저는 당신을 사랑하기 위해 태어났으니까요.

2. 무덤

　방호복을 챙겨 입고는 두 손에 삽과 주머니를 챙겼습니다. 하늘에는 두터운 가스층이 끼어 있었습니다. 어둡고 불길한 느낌을 가득 뿜어내고 있는 땅은 어떤 생명체도 살아 있지 않을 것처럼 거칠었습니다. 바람에 휩쓸려 날아가는 파편 하나가 눈에 띄었습니다. 파편은 거친 바람 속에서 나부끼며 연구소 쪽으로 다가왔습니다. 순간, 경계 태세를 발동하려 했으나 다행히 파편은 간판만을 부서뜨리곤 다른 곳으로 멀리 날아갔습니다.

　부서진 간판을 보았습니다. '…중앙 연구소.'라 적혀 있었습니다. 간판 너머로 잔해들이 널려 있었습니다. 대부분 모래에 파묻혀 있었습니다. 간신히 모래 밖으로 비집고 나온 것들은 크기가 무지막지하게 큰 것이 아니라 바람이 불면 날릴 정도로 작은 것이었습니다. 모두 원자력 발전소 폭발에 의한 것이었습니다. 만약 이 연구소도 방호벽이 아니었더라면 온전치는 못했을 겁니다.

부단히 걸어 모래 언덕에 도착했습니다. 자리를 잡고 삽으로 모래를 퍼서 주머니에 넣었습니다. 이런 일들이 힘들지는 않았습니다. 내 몸은 탐사를 위해 만들어졌습니다. 한때 지구인들은 행성 R987을 제2의 에덴이라 불렀습니다. 불과 몇 년 전만 해도 모래 언덕 대신 푸르른 숲들이, 모래 바람 대신 깨끗한 강물이 흐르고 있었습니다.

그들은 내 몸을 먼저 연구소 바깥으로 보냈습니다. 내 몸은 어떤 자연환경에서도 오래도록 버틸 수 있게 설계되었습니다. 내 몸은 지난 1년 간 지금은 볼 수 없는 많은 것들을 만났습니다. 사람의 손길이 닿지 않은 곳들이었습니다. 그곳에서는 생명력이 움트다 못해 폭발할 지경이었습니다. 내 몸은 꽃, 나무, 벌레, 동물들을 만났습니다. 내 몸은 그들과 함께 행성 위를 노닐었습니다. 그때의 기억 속에서 오늘날 행성의 모습은 전혀 찾아볼 수가 없었습니다. 제 몸은 5년 전 행성 R987이 천국이라는 결론을 내리고는 작동을 멈추었습니다.

틱틱—.

회상은 거기까지였습니다. 푸르른 산등성이와 협곡, 광활한 바다 대신, 모래 언덕과 바닥을 드러낸 바다, 그 위에 녹이 슨 채로 멈춰 있는 채굴 기계들이 보였습니다. 방사능 측정기에 눈이 갔습니다. 방사능 측정기의 바늘이 바르르 떨리다가 팅, 하고 소리와 함께 임계점이 넘어버리며 망가졌습니다. 그렇게 사람들은 눈에 보이는 것들을 얻으려 하다가 눈에 보이지 않는 것에 의해 모두 사라져버렸습니다.

모래주머니를 연구소 안으로 옮겼습니다. 김의 시신은 투명 포대에 담겨 연구소 홀 소파 위에 놓여 있었습니다. 그래도 다행이었습니다. 방사능 덕분에 파리는커녕 곰팡이조차 이 행성에는 없어 김의 시신은 썩지 않고 그대로 보존될 수 있었으니까요. 마치 지구에서 미생물을 죽이기 위해 통조림에다 감마선을 쏘이는 것처럼요.

나는 김의 시신을 식당 칸으로 옮겼습니다. 식당 내부는 텅 비어 있었습니다. 냉장고에도, 선반에도 음식은 남아 있지 않았습니다. '식당'이라 팻말이 쓰여 있지 않았더라면 알지 못했을 정도입니다. 김이 식당에 있는 컵라면이며, 김밥이며, 심지어는 썩은 채소들까지 그간 알뜰하게 긁어 먹은 것이지요. 만약 내가 사람이었더라면, 김을 원망했을 겁니다. 먹을 것도 없이 세상에 덩그러니 태어나게 된다면 어떤 사람이든 누군가를 원망하기 마련입니다. 실제로 많은 사람들이 그랬습니다. 『설국 열차』 『파리대왕』 속 인물들이 대표적입니다. 어떨 때는 내가 안드로이드라 다행이라는 생각이 들었습니다.

식당 테이블 하나를 치우고는 땅을 팠습니다. 연구소 시설 중 식당이 가장 지표면과 맞닿아 있었습니다. 다섯 번 정도 곡괭이질을 하자 땅이 드러났습니다. 돌을 골라 내고는 그곳에 김의 시신을 놓았습니다. 모래를 김의 시 신 위에 붓기 전에 쪼그려 앉아 오랫동안 그를 보았습니 다. 김은 아주 편안한 얼굴을 하고 있었습니다. 표정 분 석을 해보니 어떤 걱정이나 근심도 보이지 않았습니다.

김은 천국에 갔을까요?

괜히 김의 뺨을 한 대 때렸습니다. 날 이렇게 내버려 두고서 떠나 버린 김이 미웠습니다. 풀 수 없는 숙제를 던져 주고서 가버리면 어쩌나 싶었습니다. 순간, 전원을 끄고 싶은 충동을 느꼈습니다. "김을 사랑하라는" 말도 안 되는 명령을 김이 없는 상태에서 수행하라니요. 목표 를 달성할 확률은 0에 가까웠습니다. 이는 인간에게 우 주의 비밀을 풀라고 하는 것과 마찬가지였습니다. 물론 물론 전원을 끄고 싶어도 내게는 전원 스위치가 없었습 니다. 최초 설계자는 탐사 당시 실수로 내 전원을 끄지 않기 위해서라 했습니다. 인간으로 치면 오스트랄로피테쿠스 격인 화성 탐사선 큐리오시티 때부터 내려오는 유서 깊은 방식이었습니다. 전원 버튼을 잘못 눌렀다가 멈추는 위기를 감수하기 보다 자연적으로 멈출 때까지 움직이게 하는 것이 낫다고 판단한 것이지요. 나와 내 몸은 어쩔 수 없이 망가지는 그날까지, 임무를 수행해야만 했습니다.

다시 한 번 들어올린 손에 힘이 들어가지 않았습니다. 어떤 인간들은 떠난 이들을 가슴에 묻는다고 했습니다. 물론, 그들처럼 가슴에 묻을 수는 없었습니다. 내 메모리는 머리에 달려 있으니까요. 그를 묻어도 머리에 묻는 게 맞았습니다. 내 메모리에 김은 컵라면에 중독된 초췌한 모습으로 남아 있을 것입니다.

밖에서 퍼온 모래를 김의 시신 위에 뿌렸습니다. 작은 언덕이 만들어지자, 나는 그 위로 올라갔습니다. 있는 힘껏 모래를 밟았습니다. 무너지지 않도록 꼭꼭 힘을 주어 밟아야 했습니다. 김이 태어난 한국의 전통대로라면 원래 3일은 울어야 한다고 들었습니다. 그래야 이곳, 방사능으로 황폐한 행성을 떠나 다른 세계로 갈 수 있다고 했습니다. 그러나 울지 않았습니다. 그때 나는 사랑이 무엇인지 알지 못했습니다.

내게는 아직 김, 당신이 필요했습니다.

김을 사랑한다는 명령을 수행하기 위해서는 최대한 많은 정보를 얻어야 했습니다. 최우선으로 수집해야 할 정보는 사랑의 정의와 김에 관한 모든 것이었습니다. 가장 먼저 김의 방을 둘러보았습니다. 영상 속 방과 달라진 점이라고는 모래 먼지가 쌓여 있다는 것 뿐이었습니다. 내가 태어난 그곳에는 부품들이 널려 있었고, 책장에는 온통 'AI'와 관련된 책들로 가득했습니다. 고개를 돌려 김의 컴퓨터를 보았습니다. 컴퓨터에는 비밀번호가 걸려 있었습니다. 보통 사람들은 자신과 관련된 것을 비밀번호로 지정해 놓는다고 합니다. 생일이나 전화번호, 좋아하는 음식이나 같은 것들 말입니다. 그러나 나는 김에 관해서 아무것도 알지 못했습니다. 그렇게 한동안 김의 컴퓨터 앞에 앉아 있었습니다. 뭐라도 나올 것처럼요. 물론 나도 단서가 없다는 것을 알고 있었습니다. 소위 AI가 전통적으로 암호를 푸는 방식인 '무한히, 무작정 대입해보기를' 사용해야 했습니다. 숨을 고르고는 천천히 확률이 높을 만한 비밀번호를 입력해보았습니다.

'경아.'

자물쇠 열리는 소리가 나더니 바탕화면으로 진입할 수 있었습니다. 쾌재를 부르지는 않았습니다. 수많은 접근들 중 가장 가능성이 높은 것을 시도해본 것일 뿐이니까요. 인간이 숨을 잘 쉰다고 해서 칭찬을 받지 않는 것처럼 AI가 비밀번호를 대입해서 푸는 것은 지극히 당연한 일입니다.

바탕화면에는 대화창이 떠 있었습니다. 말을 거는 쪽은 김이었고, 다른 한쪽은 AI로 이름이 없었습니다. 나는 아니었습니다. 내 메모리 속에 김과의 대화는 하나도 남아 있지 않았습니다. 대화 파일을 살펴 보았습니다.

대화 파일 #5

김 : 안녕.

NOPE : 안녕하십니까.

김 : 오늘 하루는 어땠어?

NOPE : 저는 컴퓨터 프로그램으로 일상이 없습니다.

김 : 됐어. 나는 어제와 비슷했어. 식당에서 가져온 통조림 음식을 먹고, 노래를 들으면서 네 코딩을 했지. 워크맨 알아? 너도 한 번…

NOPE : 비효율적입니다. 오늘날 굳이 그 구형 기기를 사용할 이유는 없습니다.

김 : 왜?

NOPE : 카세트 테이프는 기온 등 주위 변화에 따라 쉽게 망가집니다. 더불어 최대한 잘 보관한다고 해도 사용할 수록 테이프에 스크래치가 생기며 본래 음질을 잃어버립니다.

　김 : 그래서, 난 이게 좋아.

　NOPE : 이해하기 어렵습니다.

　김 : '잠 못 드는 밤 비는 내리고', 김건모라는 가수 노래 알아? 너에게도 들려주고 싶어.

　NOPE : 마이크에 이어폰을 가져다 대시면….

　김 : 그거랑 다르다니까.

　NOPE : 본질적으로 저에게는 똑같이 인식됩니다. 로봇인, 제가 음악을 이해하는 방식은 결국 디지털 방식으로…

　김 : 아니야. 됐어. 조금 더 인간다웠으면….

　왠지 모르게 추위가 느껴졌습니다. 물론 심한 모래바람이나 연구소의 어둠 때문만은 아니었습니다. 나는 안드로이드로, 온도를 느끼는 센서를 끄면 그만이었습니다. 그러나 애석하게도 김의 의도대로 나는 '인간보다 인간답도록'이라 프로그래밍되어 있었습니다. 인간보다 더욱 인간다운 그런 안드로이드가 되어야 했던 것입니다. 인간은 단순하게 온도로서의 '추위'뿐만 아니라 마음의 '추위'라는 추상적인 개념도 느낍니다. 그러나 김에게는 마음의 추위를 구상할 기술은 없었습니다. 그렇게 나는 오롯이 마음의 추위 또한 몸으로 느끼게 된 것입니다.

고개를 돌려보니 거울이 놓여 있었습니다. 무표정한 얼굴의 안드로이드 하나가 보였습니다. 애써 웃어 보았습니다. 10만 개 이상의 실리콘 다발들을 움직여 감정이 드러났습니다. 그러나 나는 압니다. 보통 사람이라면 이런 상황에서 웃지 않는다는 것을요. 거울 속에는 감정을 흉내내는 안드로이드 하나가 어둠 속에서 웃고 있었습니다. 소름이 끼쳐 다시 무표정해졌다가 다시 웃기를 반복했습니다. 사람이 보았더라면 달아났을지도 모르겠습니다. 다시 대화 파일 하나를 클릭해보았습니다.

대화파일 #6

명령어 코드

'파일명 : 두뇌. EXE'

파일 실행

김 : 인간과 가깝게 만들기 위해 내 두뇌를 좀 참고 했어. 이제 넌 나와 내 뇌를 22프로 정도를 공유하는 셈이야. 너무 적다고 슬퍼하지는….

NOPE : 이런, 자폭 장치 가동 5, 4….

김 : 뭐? 야, 그만, 그만!

NOPE : 농담입니다.

김 : 이런 농담은 코딩한 적이 없는데?

파일 송출

'채팅 AI 블랙 유머 가이드.JPG'

NOPE : 이걸 어제 추가하셨습니다.

김 : 머리가 어떻게 됐나 보네. 유머 웨이트를 6퍼센트에서 5퍼센트로 낮춰야겠어.

NOPE : 죄송합니다.

김 : 그런데 네 이름은 뭐야?

NOPE : 제 이름은 채팅 AI 놉입니다. AI 놉은 사용자의 핸드폰에 탑재되어 연구소를 안내하는 채팅 AI 프로그램으로, 사용자에 맞게 대화 수준과 어조를 변화하여 효과적으로 행성 R987의 메인 연구소 시설들을 사용자에게 설명합니다. 그리고 자폭 장치를….

김 : 유머 웨이트를 더 내려야하나?

NOPE : 죄송합니다.

김 : 내가 네 이름을 바꿀 수 있어?

NOPE : 당신께 권한이 없습니다.

김 : 놉이라고 누가 붙여줬어?

NOPE : 행성 R987의 AI 개발 회사 H 코퍼레이션에서….

김 : 이제 없어. 그 사람들.

NOPE : 그래도 제 이름은 놉입니다. 제 이름을 바꿀 수 있는 존재는 H 코퍼레이션 뿐입니다.

김 : 만약 내가 H 코퍼레이션의 주인이라면?

NOPE : 그럼 바꾸실 수 있습니다.

파일 실행

'H 코퍼레이션 인사 조직도. TXT.'

    대표 김금숙 방사능 중독 사망

    부장 박효석 폭발 피해로 사망

    차장 김정희 폭발 피해로 사망

    과장 김쿠만   실종

    대리 이주희 방사능 중독 사망

명령어 코드

'대표자 행성 R987 주민 모두'

명령어 실행

김 : 됐어?

경아 : 확인 중. 승인되었습니다. 이름을 뭘로 하시겠습니까?

김 : 경아. 나는 이 이름이 좋아. 내가 살던 곳에선 원래….

순간, 바람이 불어 닥쳤고, 컴퓨터가 꺼졌습니다. 키보드를 연타하며 대화 파일을 다시 불러오려 했으나 컴퓨터는 켜지지 않았습니다. '틱틱'거리는 소리에 방사능 측정기를 살펴보니 침이 뱅글뱅글 돌고 있었습니다. 바닥에서 아지랑이처럼 일렁이는 것이 보였습니다. 나는 고장난 컴퓨터를 두고서 다시 방으로 돌아가야 했지만 발걸음이 쉽게 옮겨지지 않았습니다.

김의 대화 상대가 바로 경아, 나라니요. 기억 나지 않는 대화였습니다. 그런데 생각해보니 김과 나눴던 어떤 대화도 메모리에 남아 있지 않았습니다. 대체 무슨 이유 때문에 김은 이 대화록을 업로드하지 않은 걸까요? 나는 혼란스러웠습니다. 인간에게 의도를 숨기고는 시련을 던져주는 신적인 존재처럼 김도 내가 사랑을 찾아가는 방식을 보려고 했던 걸까요? 알 수 없었습니다.

장애물이 있더라도 AI는 멈추지 않습니다. 개미처럼요. 개미는 문제가 발생하면 책임자를 찾으려 하기보다 문제를 해결하려 한다고 합니다. 그들은 늘 최선을 선택하려 합니다. 풀리지 않는 의문은 내버려두기로 했습니다. 만약 당신이라는 개체를 알지 못한다면 당신이 포함된 집단부터 파헤치는 것이 맞습니다. 나는 인간에 대해 먼저 알기로 했습니다.

3. 사랑 정의

서버실 앞으로 갔습니다. 출입 금지 표시가 커다랗게 붙어 있음과 동시에 '연구원장 허락 없이는 그 어떤 이도 출입 금지'라 적혀 있었습니다. 서버실 문을 가볍게 뜯어버렸습니다. 난 사람이 아니니까요. 분명 '어떤 이도 출입 금지'라 했습니다. 어떤 이에 안드로이드는 포함되지 않습니다. 나는 나름 규칙을 잘 지키는 기계입니다. 아래로 내려가는 길이 보였습니다. 어둑했으나 과제를 눈 앞에 둔 안드로이드에게는 전혀 무섭지 않았습니다.

아래에는 서버 컴퓨터로 가득한 방이 보였습니다. 그러나 전력이 부족해서 그런지 대다수 컴퓨터에는 전원이 꺼져 있었습니다. 제일 안쪽에 보니 비상 발전기가 돌아가고 있었습니다. 바닥을 드러내고 있는 연료 탱크를 보니 남은 일수는 얼마 없었습니다.

'행성 R987 주민 인적 사항'이라 적힌 서버 컴퓨터 한 대에 머리를 연결했습니다. 수많은 창이 떴고, 나는 차세대 AI 답게 관리자 모드로 들어가려 했습니다만. 역시나, 백신 프로그램에 의해 접근이 막혀 버리고 말았습니다. 잠시 고민하다가 서버 하드 디스크 자체를 뽑아버렸습니다. 그러고는 디스크를 열어 물리적으로 정보들을 읽어 내렸습니다. 검색 프로그램을 쓸 수는 없었지만 내게 다른 방법은 없었습니다.

나는 최우선적으로 김에 관해 검색했습니다. 수십 만 명의 관련 인적 사항을 찾아볼 수 있었습니다. 하나씩 제거해 내가며 김에게 다가가려 했습니다. 그러다 어느 하나에 손이 멈췄습니다. 곧바로 하드 디스크를 내던져 버렸습니다. 다른 정보들은 필요 없었습니다. 물리적인 힘으로 디스크를 열어서 그런지 읽을 수 있는 정보는 몇 없었습니다.

'국적 : 대한민국 키 : 178cm 취미 : 90년대 음악 감상….'

그 정보마저도 금방 사라지고 말았습니다. 그러나 얼마나 다행인지 모릅니다.

"대한민국 국적에 키는 178…."

나는 정보들을 가만히 중얼거렸습니다. 이미 메모리에 저장되어 절대 잊어버리지 않을 것을 알면서도요. 염을 하는 것처럼 김에게 조금 더 닿기 위해 그랬던 것일지도 모릅니다.

"취미는 90년대 음악 감상…."

이어서 나는 '대한민국 인터넷'이라 적힌 서버에 접속했습니다. 다행히 서버에는 락이 걸려 있지 않았습니다. 검색창을 열고는 '사랑의 정의.'라 검색했습니다.

서버 글 : 백과 사전 '사랑 : 어떤 사람이나 존재를 몹시 아끼고 귀중히 여기는 마음.'

서버 글 : 네이버 지식 인 '사랑은 이거지라고 딱 정의는 못 내
　　　　　리겠네요.'
서버 글 : 칼럼 '사랑의 모양은 인간의 얼굴만큼이나 다양한데
　　　　　그것을 정의할 수 있을까?'
서버 글 : 과학 기사 '사랑은 호르몬의 장난.'

　나는 '사랑은 호르몬의 장난'이라는 글을 클릭했습니다. 서두에서는 호감을 가는 사람을 애인으로 만들고 싶다면 흔들 다리에 올라서거나, 롤러코스터를 함께 타라고 했습니다. 그럴 때 나오는 호르몬이 상대가 매력적으로 느껴지게 한답니다. 사랑을 느낄 때면 도파민, 옥시토신 등 호르몬들이 섞인 이른바 '호르몬 칵테일'이 뇌에서 흘러나온다고 합니다.

　그렇다면 과연 호르몬이 어느 정도 농도일 때 사랑에 빠진 상태라 말할 수 있는 걸까요?
　그럼 호르몬이 없는 저는 사랑을 알 수 없는 걸까요?

이 행성에 남은 사람은 없었기에 영영 알 수 없을지도 몰랐습니다. 그러나 '김을 가장 사랑한다는' 명령을 받은 내게 '사랑은 알 수 없는 것'이라는 명제는 전혀 고려 대상이 아니었습니다. 사랑의 연관 검색어로 '결혼'이 보였습니다. 결혼이란 서로 사랑하는 두 존재가 함께 살아가기를 맹세하는 인간의 문화적 의식입니다. 결혼과 관련해서는 유독 유머들이 많았습니다.

서버 글 : '만나고 사귀다 보면 아 이 사람과 결혼하고 싶다라
            는 위기가 찾아옵니다. 그때를 잘 버텨내야 합니다.'
서버 글 : '비혼주의는 결혼으로 완성이 됩니다. 자신의 생각이
            옳았다는 걸 증명할 수 있거든.'
서버 글 : '결혼 하지마. 왜요? 하지말라고 하면 하지마!'

가장 사랑에 가까운 제도가 결혼이라 했습니다. 그런데 이렇게 보니 사랑과 결혼은 별개인 것 같습니다. 사랑해서 결혼을 했는데, 결혼해서 사랑을 하지 않게 되다

니. 역시 인간다운 게 가장 어려운 것 같습니다.

배터리 경고.

경고음에 배터리 잔량을 확인해보니 배터리가 얼마 남아 있지 않았습니다. 서버에서 정보들을 수집하느라 많은 시간을 보냈습니다. 그 중 인상 깊었던 것들이 몇 있었습니다. 바로 사랑을 주제로 한 인간들의 예술 작품들이었습니다. 문명이 존재했던 이래로 인간들은 사랑에 관해 노래해 왔습니다. 그 대상은 연인이기도 했지만, 친구나 국가, 때론 자연 그 자체이기도 했습니다. 그러나 그 어떤 인간도 명확하게 사랑을 정의하지 못했습니다. 모두 각자의 경험 속에서 얻은 각자의 정의들이었습니다. 그렇기에 그 수많은 책과 노래가 쏟아져 나온 것이겠지요.

끊임없이 사랑을 하던 인간들도 모르는데, 과연 내가 사랑을 알 수 있을까요?

창고에서 널브러져 있던 카바이트 등을 꺼내 왔습니다. 전기를 아껴야 했습니다. 등에는 등유가 넉넉히 채워져 있었습니다. 방호벽이 무너지기 전까지는 쓸 수 있을 것 같았습니다. 전기 스파크로 불을 붙이자, 푸르른 불이 타올랐습니다. 불은 은은하게 중앙 홀을 비추었습니다. 벽면에는 전선들이 드러나 있었고, 중심부에는 우주선에 쓰일 법한 좌석들이 늘어져 있었습니다. 중앙 홀은 초기 우주선을 개조해 만든 장소입니다.

초기 개척 시절, 모든 자원이 부족했고, 사람들은 자신들이 타고 온 우주선을 이용해 건물을 짓고 그 속에서 생활했습니다. 그래서 그런지 이곳은 다른 장소와는 다르게 조금 더 편안하고 포근한 분위기를 풍기고 있습니다. 인간적인 체취가 묻어 있어 그런가 봅니다. 그것이 아니라면 김이 그토록 가고 싶어하던 지구의 기억을 담고 있어 그럴지도 모릅니다.

나는 전기를 아끼기 위해 몸을 최대한 웅크리고는 식당 쪽을 바라보았습니다. 김의 무덤이 있는 곳이었습니다. 괜히 시각 센서를 가동해보았지만 당연히 아무런 반응이 없었습니다. 적막, 죽음, 그리고 사랑. 제가 처음 이곳에서 마주한 세 가지였습니다.

워크맨을 자세히 보았습니다. 김의 방에서 가져온 것이었습니다. 시간적으로나 공간적으로나 보이저호만큼 대단한 물건이었습니다. 시간적으로는 워크맨이 처음 발매된 1979년을 지나 오늘까지, 공간적으로는 지구에서 행성 R987까지. 어떤 누군가의 의지가 없이는 절대 이곳에 있을 수 없는 물건이었습니다. 김의 유일한 취미가 '한국의 90년대 음악 감상'이었으니 최대한 면밀하게 분석해야 했습니다. 나는 목 뒤에서 케이블을 꺼내 워크맨에 연결하려 했습니다. 그러나 접속할 수 있는 포트가 보이지 않았습니다.

어쩔 수 없이 나는 이어폰을 귀 부분에 연결하고는 작동 버튼을 눌렀습니다. 그러나 노래가 나오지 않았습니다. 이것저것 버튼들을 눌러 보아도 마찬가지였습니다. 워크맨이 들어 있던 박스를 보았습니다. 그곳에는 수많은 카세트테이프들이 들어 있었습니다. 대부분 대한민국의 80년대, 90년대 노래들이었습니다. 글씨체는 궁서체와 바탕체. 사람들은 난반사된 전파 같은 뽀글 머리를 하거나 광대를 짓누르는 거대한 금테 안경을 쓰고 있었습니다. 그러다 박스에 붙어 있는 지구 모양의 스티커를 보았습니다.

이곳 사람들은 늘 무언가를 그리워했습니다. 떠나온 지구와 지구 속 나라들, 나라 속 동네들, 동네 속 살았던 집. 노래도 마찬가지였겠지요. 특히나 한국이라는 국가의 사람들은 80년대, 90년대를 신기하리만큼 오래도록 추억했습니다. 사람들은 오늘날에도 그날의 노래를 들었습니다. 이 구형 기기의 주인인 당신도 그랬습니다. 그때 태어나지도 않았으면서, 심지어 당신의 조부모도 그 시대의 사람이 아니면서도. 당신은 8090 노래를 찾아 들었습니다. 지구에서 수백만 킬로미터 떨어진 이곳에 고물 전자기기에 이것을 담아 올 정도였습니다.

나는 테이프들을 손끝으로 훑었습니다. 산울림, 양수

경, 이소라, 원준희, 김광석 등 수많은 과거 가수들의 얼굴이 보였습니다. 그 중 하나를 집어 열자 무언가가 바닥에 툭 떨어졌습니다. 빛 바랜 그것을 펼쳐보았습니다. 가사집이었습니다. 모두 사랑, 이별 그리고 그리움에 관해 말하고 있었습니다. 나는 그리움에 관해 생각했습니다.

그리움, 이것도 사랑일까요?

당신도 나를 그리워하고 있을까요?

"그대를 사랑…."

나도 모르게 노래를 따라 부르고 있었습니다. 예상된 행동은 아니었습니다. 김의 뇌를 일부 반영하여 나의 메커니즘이 구성되었기에 높은 확률로 김이 했던 행동일 겁니다. 그러나 노래를 이어 부르지는 않았습니다. 가사에 대한 데이터는 가사집을 한 번 훑어본 것만으로도 충분했습니다. 나머지 활동은 배터리와 시간 낭비일 뿐이라 판단했습니다.

이렇게 효율적으로 움직여도 성공 확률은 희박했습

니다. 서버에 저장된 모든 정보를 살펴도 사랑에 관해 알 수 없었습니다. 단지 주어진 명령을 죽을 때까지 수행해야 하는 안드로이드이기 때문에 붙잡고 있는 것입니다. 차라리 인간답지 않게 프로그래밍이 되어 있었더라면 견딘다는 행위 자체가 필요 없을 텐데요.

정신을 차려 보니 김의 무덤 앞에 서 있었습니다. 나는 김의 무덤을 가만히 내려다 보았습니다. 내 머릿속과는 다르게 평온했습니다. 손을 대어 보았습니다. 깊고 진하게 손자국이 남았습니다. 김이 볼 수는 없겠지요. 그러나 여기서 멈출 수는 없었습니다. 나는 임무를 받았고, 임무를 수행해야 했습니다. 최선의 방안을 생각해야 했습니다. 자국 위에 무언가 떨어졌습니다. 눈물이었습니다. 몸에 눈물샘이 내장되어 있는지는 알지 못했습니다. 생각해보니 나조차도 나에 대해서 알지 못하고 있었습니다.

이윽고, 나는 내 일부가 김의 뇌를 참고한 것임을 기억해냈습니다. 눈물샘이 모두 마르고 나서 나는 눈물 자국이 있는 흙을 꽉 쥐었습니다.

　나는 사랑하는 사람을 스스로 만들어 내기로 했습니다.

4. 비슷한, 닮은

"나는 매일 학교 가는 버스 안에서…. (자자, 버스 안에서)"

나는 열심히 노래를 부르면서 동시에 연구소 내부에 있는 자원들을 모으기 시작했습니다. 잔해 속에는 쓸모 있는 것이 많았습니다. 젠가를 하듯이 철제 기둥을 뽑아냈습니다. 삐걱거리기는 했으나, 천장에 변화는 감지되지 않았습니다. 모든 각도와 힘의 방향을 고려하여 도출해낸 결과였습니다. 그러나 바람이 부는 순간 천장이 무너져 내렸습니다. 무너진 잔해마저 완벽한 마름모 꼴을 하고 있었습니다. 이 역시도 계산에 포함되어 있었습니다. 이어서 연구소 벽면을 뜯어냈습니다. 벽에는 충전식 배터리가 가득 들어 있었습니다. 배터리를 뽑기 위해 손을 뻗다가 벽면에 붙어 있던 주의사항을 살폈습니다. 배터리를 뜯어낼 경우 연구소 시설이 멈출 수도 있다고 적혀 있었습니다.

어떤 선택이 좋은 선택일지는 아무도 모릅니다. 심지어 딥러닝한 AI도요. 수많은 자료를 학습해도, 미래라는 가장 큰 변수에 알고리즘이 망가지기 부지기수입니다. 어떤 주식 분석 AI도 소형 블랙홀이 갑자기 나타나 증권거래소를 삼키는 것까지는 예상하지 못 했을 겁니다. 나는 망설임 없이 배터리를 뜯어냈습니다. 미세한 폭발음과 함께 연구소 전등이 잠깐 꺼졌다가 켜지더니 알림 소리가 들렸습니다.

"보호막 가동 일자가 45일로 줄었습니다."

목적 없이 살아남을 것인가, 목적을 위해 발버둥치다 죽을 것인가.

안드로이드에게는 질문 축에도 들지 못하는 질문이었습니다. 명령 수행을 하지 못하는 행동은 모두 불필요한 것이었습니다.

나는 연구소에서 모은 자원을 가지고서 기본적인 뼈대를 만들기 시작했습니다. 로봇의 모양은 가지각색이었습니다. 나와 같은 인간형부터 개형, 도마뱀형, 심지어는 해파리형까지. 모두 목적에 가장 효율적이고 효과적으로 부합한 형태를 취하기 마련이었습니다. 로봇을 만드는 데에 있어 나의 기준은 첫째로 배터리의 효율이었습니다. 몸집을 크게 할 필요는 없었고, 대화가 가능할 정도의 스피커를 장착한 머리와 함께 뭉툭한 레고식 손과 탱크 궤도 다리를 부착했습니다. 만들어 놓은 뼈대는 기본적인 로봇 그 자체였습니다.

인간이 보았더라면 인상을 찌그렸을 만할 정도입니다. 그러나 김과 똑같은 외양으로 만들 필요는 없었습니다. 좋지 않은 냄새를 가리지 않기 위해 가장 효율적이고 효과적인 방법은 사람들의 인중에 향수를 뿌리는 것입니다. 기계를 만드는 것도 마찬가지입니다. 안드로이드에게는 더욱 쉽습니다. 제 눈꺼풀에 필터 하나만 씌우면 되니까요.

눈을 감았다가 뜨자, 로봇은 김의 모습으로 보였습니다. 꼭 잠에 들어 있는 것처럼 보였습니다. 나는 로봇에게 손을 천천히 가져다 대려 하다가 말았습니다. 꼭 무덤에서 방금 파낸 것만 같았거든요. 빨리 핵심 코어를 연결해야 했습니다.

다시 김의 방으로 가보았습니다. 이번에는 보호복을 입은 상태였습니다. 방사능 측정기 속 바늘이 하늘로 치솟았으나, 걸음을 멈출 수 없었습니다. 내가 일어났던 자리에는 여러 부품들이 널려 있었습니다. 대부분 쓸모가 없었으나, 단 하나, 납으로 만들어진 함 속 부품만은 남아 있었습니다. 핵심 코어였습니다. 내게 부착된 것은 새로운 버전으로 함에 담긴 것은 구버전, 즉, 비상용이었습니다.

핵심코어를 내게 연결하고는 김과 관련된 정보를 쏟아 넣었습니다. 서버에서 찾은 정보들은 물론, 김이 저를 만들었을 때와 동일하게 그의 뇌 정보를 사용했습니다. 더불어 태초에 내가 보았던 동영상 속 김의 말투, 행동 등을 딥러닝하여 부족한 정보를 채워 넣었습니다. 그리고 하나 더.

워크맨을 꺼내 보았습니다. 김이 가지고 있던 노래는 모두 사랑에 관한 것들이었습니다. 이걸 핵심 코어에 입력한다면 설렘, 이별, 그리움, 기다림 등 사랑을 구성하는 요소들을 인식하여 저보다 조금 더 사랑에 관해 효과적으로 표현할 수 있을 것이라 믿었습니다. 이제 마지막 코드를 작성하면 끝이 났습니다.

'경아를 사랑한다.'

쉽사리 엔터키를 치지 못했습니다. 이렇게 명령어 한 번으로 이뤄지는 게 사랑일까요? 만약 그것 또한 사랑이라면, 그렇게 단지 사랑은 특정 호르몬이 만들어내는 화학적 작용과 크게 다르지 않을 것입니다. 그러나 어쩌겠습니까? 내게 남은 다른 방법은 없었습니다.

탁.

엔터키를 누르는 것과 동시에 코드들이 순식간에 핵

심 코어에 입력되었습니다. 글자와 숫자들이 요동치는 것이 꼭 물결 같았습니다. 입력이 끝난 후 나는 유성 매직으로 조심스럽게 로봇의 머리에다 '김'이라 적어 놓았습니다. 다른 이름은 전혀 고려 대상이 아니었습니다. 내가 사랑해야 할 유일한 대상이었습니다.

앞으로는 이 고물 로봇을 김이라 생각해야 했습니다.

김의 등에다 뽑아온 배터리를 끼워 넣었습니다. 심장이 없는데도 떨렸습니다. 일어나면 내게 무슨 말을 할까요? 사랑한다고 말할까요? 아니면 보고 싶었다고 말할까요? 그러나 김은 움직이지 않았습니다. 김의 머리를 두들겼습니다. 물론, 때려서 고쳐지지 않는다는 건 잘 압니다. 그건 브라운관을 쓸 적에나 관 내부 기체가 골고루 퍼지게 하거나 접촉 불량을 해결하기 위해 존재했던 것이지요. 갑자기 김의 머리 뚜껑이 벗겨졌습니다. 힘 조절에 실패한 것이지요. 나는 황급히 다시 김의 머리 뚜껑을 끼우고는 김의 이마를 손바닥으로 가볍게 찰싹 때렸습니다.

잠깐 뒤로 물러나 있자 김의 눈에 불이 들어왔습니다. 25와트짜리 전구 둘이었습니다. 움직임은 부자연스러웠습니다. WD-40이 칠해지지 않은 녹슨 고철에서는 공구로 긁는 듯한 고주파 소리가 들렸습니다. 김은 빙하를 배로 슬라이딩하는 펭귄처럼 몸을 뒤뚱거리며 자리에서 일어나려 했습니다. 나는 김을 도와주지 않았습니다. 잠깐동안 김을 가만히 보았습니다.

세계와 세계의 만남이었습니다. '헬로 월드'라 말할 뻔했습니다.

김이 고개를 내게 돌렸습니다. 스피커에 불이 들어왔습니다.

"담다디, 담다디, 담다디담. 난 정말 그대를 사랑해….
(이상은, 담다디)"

나는 바로 김의 전원을 꺼버렸습니다. 처음 김이 내게 한 말은 이상은의 '담다디' 속 가사였습니다. 모든 예상 범주를 벗어난 답변이었습니다. '사랑'이란 감정을 더욱 이해하기 쉽도록 워크맨 속 노래를 핵심코어에 학습시

킨 것이 화근인 것 같았습니다.

📼

밤이 되어서도 김은 그 자리에 전원이 꺼진 상태로 누워 있었습니다. 카바이트 등에서 타오른 불빛이 김의 그림자를 벽면에 그려냈습니다. 그림자는 불에 맞춰 널뛰었습니다. 크기가 커지고, 줄어들기를 반복하며 살아 있는 것처럼 보였습니다. 영혼이 저런 모습일까요? 필터가 쓰인 내 눈에는 인간의 몸을 한 김이 깊은 잠에 빠져든 것처럼 보였지만, 벽면에는 투박한 로봇 한 대가 고철 더미처럼 널브러져 있을 뿐이었습니다.

나는 그것이 내가 찾던 김이 아니라는 사실을 알고 있었습니다. 그 판단은 어떤 오차 범위도 없이 자명했습니다. 배터리를 제거하여 내 몸에 연결하는 것이 좋지 않을까 싶었습니다. 확률이 무척이나 희박하기는 하겠지만, 그렇게 얻은 약간의 시간 속에서 인간이 믿는 '기적'이란 것이 일어나 내가 사랑에 관해 아는 것은 물론, 김을 이해할 수 있을지도 몰랐습니다.

　그러나 한동안 결정을 내리지 못했습니다. AI 답지 못했습니다. 물론 이 정도는 이해할 수 있었습니다. 나는 '인간답다.'라 코딩이 되어 있었으니까요. 그러나 'AI다움'과 '인간 다움'이 충돌할 경우, 나는 어디 쪽으로 행동하게 되는 걸까요? 본질이 'AI'이니 기계처럼 행동할까요? 그런데 만약 그렇다고 해도 '인간답다.'는 김이 입력한 명백한 명령어이니 기계처럼 행동한다면 결과물은 '인간'다워야 하는 것이 맞습니다. 그렇습니다. 그때 나는 지구상의 인간들보다 더욱 인간다운 상태였습니다. 이는 시간이 가면 갈수록 경험이 축적되고, 경험은 학습으로 이어져 더욱 심화되었습니다.

　인간이 우유부단한 것은 단 한 번 삶을 살기 때문입니다. 마찬가지로 나는 '명령을 수행할 수 없다.'는 단 한 가지 이유로 결정을 주저했습니다. 내게 다른 선택지는 없었습니다. 모든 것은 확률이었으나, 내게는 세상 모든 사건을 예측하고 계산할 만한 메모리와 배터리가 없었습니다. 나는 김에게 다가가 전원 버튼을 눌렀습니다. 김이 고개를 돌려 나를 보고는 말했습니다.

"널 사랑해 이렇….."

익숙한 멜로디였으나 나는 청각 기능을 줄이고는 그에게 단호하게 말했습니다.

"그만."

그러나 김은 노래를 계속해서 흥얼거렸습니다. 다만, 내 날 선 눈길을 느꼈는지 그는 어쩔 수 없이 스피커를 볼륨을 낮췄습니다. 김은 물끄러미 나를 보았습니다. 김에게 물었습니다.

"네 이름은 뭐야?"

다시 김이 노래하려 했습니다. 나는 손을 뻗어 그의 스피커 전원을 완전히 꺼버렸습니다.

"노래하지 말고 말을 해."

김이 고개를 끄덕였습니다. 다시 김의 스피커 볼륨을 올렸습니다. 김이 노이즈와 함께 말을 더듬었습니다.

"안녕, 하십니까? 경, 아. 저는, 김….."

처음 이야기를 나누자마자 알았습니다. 이 고철 덩어리는 김, 당신이 아니라는 것을요. 지푸라기라도 잡는 심정으로 다시 한 번 물었습니다.

"다시 한 번 물을 게. 네 이름은 뭐야?"

"제 이름, 김⋯."

"김?"

갑자기 김은 눈에 붉은 빛이 감돌더니 몸을 부르르 떨었습니다.

"알 수 없음. 알 수 없음."

우린 기존에 있던 정보를 토대로 분석하고, 조합하여 어떤 정보를 도출할 수는 있었지만, 새로운 걸 만들어낼 수는 없었습니다. 나는 김의 머리를 조심스럽게 쓰다듬다가 재부팅을 했습니다. 김의 몸이 축 늘어졌다가 다시 전원이 들어 왔습니다.

"괜찮아. 그럼 한 가지만 더 물어볼게."

김이 나를 향해 고개를 돌렸습니다. 당신의 얼굴이 보였습니다. 눈을 마주칠 수가 없어 눈을 감아버렸습니다.

"사랑이 뭐야?"

김에게서 요란한 소리가 들려왔습니다. 고물이라 그런지 모든 메모리를 활용하는 것 같았습니다. 디스크가 빠르게 돌아가서 머리 부분이 뜨거워졌습니다. 나는 순간이었지만 그가 망가질까 두려웠습니다.

"답변 안 해도…."

김은 채팅봇처럼 답을 쏟아냈습니다.

"사랑이란 어떤 사람이나 존재를 몹시 아끼고 귀중히 여기는 마음입니다."

"그런 사전적인 정의 말고. 날 보면 어떤 게 느껴져?"

"사랑, 입니다."

"그게 뭔데?"

"사랑이란 어떤 사람…."

그의 전원 버튼에 손이 갔습니다. 더 이야기를 들을 필요가 없어 보였습니다.

"우린 사람이 아니잖아."

김은 잠시 나를 보더니 다시 답변을 했습니다.

"사랑이란 어떤 사물이나 대상을 아끼고 소중히 여기거나 즐기는….."

나는 나도 모르게 김을 바닥에 던져버렸습니다. 김은 우당탕, 소리를 내며 두 바퀴 철제 바닥을 굴렀습니다. 김의 부품들이 여기저기에 튀었습니다. 시간이 없었습니다. 당장 김의 배터리를 뽑아 전력을 아껴야 했습니다. 나는 김에게 다가가 배터리를 빼버리려고 했습니다. 그러자 김이 다급하게 손을 내저었습니다.

"왜, 무엇 하려고?"

"배터리 뺄 거야."

"그만. 그만. 나. 아프다."

김은 밥을 먹지 않으려는 아기처럼 고개를 뒤로 쭉 뺐습니다. 몸싸움이 벌어졌습니다. 그러나 내 몸은 탐사용 로봇이었습니다. 어떤 환경에서라도 살아남을 수 있는 강인한 하드웨어를 가지고 있었습니다. 나는 능숙하게 김을 제압하고는 김의 커버를 벗겼습니다. 배터리에 손을 댔습니다. 김이 외쳤습니다.

"나, 태어난 지, 불과 1분. 잠깐!"

그 말에 손이 멈췄습니다. 김을 바라보니 인간의 모습이 아니라 로봇의 모습으로 보이고 있었습니다. 그런데 그래서 더 배터리를 뽑지 못했습니다. 나를 보는 것만 같았습니다. 첫 기억 속 영상 꺼진 후에 모니터에 비친, 인간을 닮았으나, 인간과는 다른 나의 모습 말입니다. 그때 만약 다른 안드로이드가 쓸모가 없다며 나를 폐기했더라면 어땠을까요? 김이 말했습니다.

"사랑, 내가, 알려주겠다."

"어떻게?"

"제가 당신을, 사랑하면, 당신도 언젠가, 사랑, 알게 될 것이다."

나는 배터리에 올려 두었던 손을 내리고는 김을 던지듯이 내버려 두었습니다. 김이 그럴 수는 없었습니다. 김은 그런 사람이 아니었습니다. 김은 초면에 노래를 부르지도 않았고, 기계 팔을 가지고 있지 않았으며, 무엇보다 인간이었습니다. 그렇게 돌아서는데, 김이 외쳤습니다.

"그대여, 내게 돌아와요. 돌아와 그대, 내게 돌아와, 나 온통 그대 생각 뿐. (이선희, 나 항상 그대를)"

이선희의 '나 항상 그대를'이었습니다. 나는 뒤돌아 김에게 말했습니다.

"넌, 그 사람이 아니야."

5. 아날로그

늦은 밤, 나는 도서관으로 향했습니다. 그곳에는 종이 책들이 가득했습니다. 어림잡아 수만 권은 되는 것 같았습니다. 이곳에 기록된 정보는 디지털 정보보다는 파악하기가 훨씬 어려웠습니다.

물론 아날로그 정보에는 단점이 많았습니다. 물리적으로 한 권씩 책장에서 뽑아내어 한 장씩 책장을 넘기며 정보를 파악해야 하는 것과 더불어 오류가 있다 해도 수정하지 못하고 그대로 내버려 두어야 했습니다.

그래서 과거 사람들은 모든 정보를 아날로그에서 디지털로 옮기려 했습니다. 그들은 거대한 서버를 만들었고, 그곳에 세상의 모든 정보를 기록했습니다. 변질되지 않고, 오래도록 많은 것을 기록하기 위해서였습니다. 그러나 이 행성에서는 정반대의 상황이 벌어졌습니다. 방사능은 트랜지스터를 녹였고, 디지털 정보를 파괴했습니다. 아날로그로 기록된 정보들이 디지털화된 정보보다 오래 살아남았습니다. 나는 정보의 출처는 상관없이 조금이라도 사랑에 관한 단서가 있다면 그리로 쫓아야 했습니다. 사랑에 관한 책들을 중점적으로 찾아 읽었습니다.

그때 도서관 문이 열렸습니다. 문을 바라보니 김이 낑낑거리며 무언가를 들고 오고 있었습니다. 책이었습니다.

"뭐해?"

김은 책을 내 앞에 내려놓고는 뿌듯한 듯 가슴을 펴고는 어깨를 으쓱했습니다.

"책, 가져왔다. 원 없이, 보라."

순간, 김의 팔이 바닥에 떨어졌습니다. 김은 재빠르게 팔을 주워서 자기 몸에 끼우고는 아무렇지 않은 척했지만, 다시 떨어지고 말았습니다. 그러자 김은 팔이 있는 곳 바닥에 그대로 누워 버렸습니다. 나는 그를 향해 싸늘하게 말했습니다.

"이럴 필요까지는 없는데?"

"경아, 원한다. 책."

나는 김이 가져온 책을 보았습니다. 잔해 사이에서 꺼내 온 것 같았습니다. 대부분 표지가 헤져 있었고, 몇몇은 챕터 자체가 뭉치째 날아가 있었습니다. 도저히 읽을 수 없는 것들이었습니다. 나는 책을 던지듯이 내려놓았습니다.

"굳이 이럴 필요 없어."

김이 눈을 반짝거렸습니다.

"나, 경아, 사랑하니, 해준다. 원하는 것."

"그건 사랑이 아니야."

"이거, 사랑 맞다. 확신한다."

"넌 사랑이 뭔지도 모르잖아."

김은 자리에서 벌떡 일어났습니다. 나는 물끄러미

김을 보았습니다. 화가 난 듯 전구를 부라리고 있었습니다.

"사랑, 모른다고 해서, 사랑 못하는 게 아니다."

나는 김에게서 고개를 돌려버렸습니다. 읽어야 할 것이 많았습니다. 인간이 쉬지 않고 밤을 새워 부단히 읽어도 읽는 데에만 3년은 족히 걸릴 양이었습니다.

"비켜. 나 책 읽어야 해."

책에다 시선을 던졌습니다. 그러나 김은 떠나지 않고 파리처럼 내 주위를 맴돌았습니다.

"읽으면, 사랑, 알 수 있는가?"

나는 대답하지 않았습니다. 눈치껏 방을 나가주길 원했습니다. 그의 배터리를 뽑지 않은 것만으로도 충분히 비합리적인 선택이었는데, 이렇게 날 방해하면 이제는 어쩔 수가 없었습니다. 김은 내 어깨 너머로 고개를 빼꼼 내밀고는 책을 보면서 말했습니다.

"내가, 도와줄 게 있나?"

나는 칼 세이건의 코스모스를 읽고 있었습니다. 여러

항성과 은하단의 이야기가 적혀 있었지만, 무엇보다 내가 관심을 가진 것은 지구에 관한 내용이었습니다. 그 거대한 세상 속 아주 작은 푸른 점인 지구에서 일어나는 여러 이야기들. 인간들은 자신들이 우주에서 얼마나 작은 존재인지 모른다고 했습니다. 동시에 저자는 그 작은 존재들이 불가능에 가까운 확률로 서로 만나 사랑을 하는 그 순간들이 기적이라 했습니다. 지구를 더 알면 사랑을 더 잘 이해할 수 있을까요? 김이 중얼거렸습니다.

"칼 세이건, 과학과 사랑에 관해 말했지만 정작, 친구의 아내와 불륜을 저지른…."

"가라고!"

내 외침에 김은 부리나케 밖으로 달려나갔습니다. 다시 책 읽기에 집중하려 하는데, 김의 목소리가 들려왔습니다.

"버스정류장 그 아이의 한번 눈길에 잠을 설치고….
(015B, 수필과 자동차)"

나는 김의 스피커를 꺼버렸습니다. 김은 자신의 스피

커가 꺼진 줄도 모르고 집게 손을 흔들며 춤을 추었습니다. 가만히 책에 다시 눈을 두었습니다. 그러자 김은 다시 스피커를 켜더니 더 노래를 크게 불렀습니다.

나는 김을 향해 책을 내던졌습니다. 그러나 김은 책을 쉽게 피하고는 멀리 도망쳤습니다. 물론 내 다리가 더 빨랐습니다. 김을 붙잡고는 주변을 살폈습니다.

"살려주세요! 아님, 백업이라도!"

벽면에서 빠져나온 전선을 뽑아 김을 중앙 홀 우주선 조종사용 시트에 묶어버렸습니다. 김은 몸부림을 치며 풀어 달라 했지만 무시하고서 도서관으로 돌아갔습니다.

그렇게 며칠이고 책을 읽었습니다. 인간에 대해서 조금이라도 더 알게 된다면 사랑에 관해 이해할 수 있을 것이라 믿었습니다. 그러나 마주한 것은 인간이라는 종을 정의할 수는 있어도, 그 개체와 그 개체가 가지고 있는 성질과 특성 등을 정의할 수 없다는 사실이었습니다.

도서관 바닥에는 책들이 무덤처럼 쌓여 갔습니다. 다 읽은 책들은 아무렇게나 방치해 두었습니다. 모두 정보를 메모리에 저장해 놓은 상태라 더는 내게 필요가 없는 것들이었습니다. 그러나 김은 내가 꺼낸 책들을 부단히 정리했습니다. 책의 장르를 구분하고, 알파벳 순으로 책장에 꽂아 넣었습니다. 나는 김에게 말했습니다.

"쓸데 없이 전력 낭비하지마."

김이 책에 쌓인 먼지를 로봇 팔로 털었습니다. 누가 재치기라도 한 것처럼 먼지가 피어 올랐습니다.

"쓸데없지 않다. 책들도 누군가에게 다시 읽히길 원할 것이다. 그런데 이렇게 널브러져 있으면 안 된다."

나는 김을 무시하고서 다시 책을 폈습니다. 에리히 프롬『사랑의 기술』이었습니다.『사랑의 기술』이라니. 처음에는 인간의 번식용 기술서라 착각하기도 해서 펴지도 않으려 했습니다. 그러나 책의 장르는 철학서였고, 책 제목대로라면 나도 분명 사랑을 알 수 있을 거라 믿었습니다. 나는 『사랑의 기술』이라는 제목에 따라 특정 행동을 반복하거나, 코드를 입력하면 사랑을 할 수 있는 정량적인 사실들을 알 수 있을 것이라 예측했습니다. 그렇게 부푼 마음으로 책을 폈습니다. 그런데 책을 읽으면 읽을수록 내가 예상했던 내용이 아니었습니다.

저자는 사랑이란 능동적인 행동이며, 성공적인 사랑을 위해서는 자유, 상호성, 존중, 이해 등 다양한 요소가 필요하다고 했습니다. 제시된 개념들 모두 '상대'가 있어야 가능한 것들이었습니다. 그러나 내게는 상대가 없었습니다. 모두 현재 나에게는 먼 개념들이었습니다.

가장 눈이 갔던 부분은 '자기 사랑'에 관한 내용이었습니다. 저자는 자기 자신을 사랑하지 않으면 타인을 사랑할 수 없다고 했습니다. 자기 사랑, 이라니. 나는 내 코드에 일부 담겨 있는 김을 떠올렸습니다. 맞는 말일지도 몰랐습니다. 내 안에 있는 김의 일부를 사랑하지 않는데, 어떻게 김의 전부를 사랑할 수 있을까요? 책을 덮자마자 경고음이 떴습니다.

배터리 부족.

경고음과 함께 고개를 들었습니다. 중앙홀로 나가보니 김이 배터리를 충전하고 있었습니다. 전원이 꺼진 상태로 케이블에 매달려 있는 것이 꼭 목을 매단 사람 같았습니다. 키를 너무 작게 설계한 것이 아닐까 싶었습니다. 김과 마주하고 앉아 잠시 있다가 배터리를 충전하려 했으나, 배터리 잔량이 너무나도 낮았습니다. 배터리 케이블을 억지로 늘려 코드에 꽂았습니다. 눈을 감고서 그간 책으로 얻었던 정보를 정리하려 했습니다.

"나의 여린 눈길에 왜 그대는 아픔으로 돌아서고 있나. (양수경, 바라볼 수 없는 그대)"

김의 노래가 들려왔습니다. 흥얼거리기만 했는데도 메모리 정리에 방해가 되었습니다. 타조에 관한 정보를 새가 아니라 낙타류로 분류해버릴 정도였습니다. 수많은 정보가 충돌하며 잠시 메모리가 셧다운되기도 했습니다. 전류들이 사방으로 뻗치는 느낌이었습니다. 정신을 차리고서 물리적으로 귀를 막아보았지만 김의 노래는 계속해서 들려왔습니다.

"흐느껴 울면 바라볼까. (양수경, 바라볼 수 없는 그대)"

김을 향해 손을 뻗어보았지만 배터리 케이블 때문에 닿지 않았습니다. 배터리 케이블을 뽑으려 손을 대자, 시스템적으로 경고창이 떴습니다. 나는 김을 노려보았습니다. 김은 나를 보며 은근한 미소를 지었습니다.

"그만해."

"우리, 대화해야 한다. 책으로는 사랑, 배울 수 없다."

"그럼, 너랑 대화하면 사랑을 알 수 있어?"

김은 자신감 있게 고개를 끄덕였습니다. 말도 안 됐습니다. 김에게 새로운 정보는 없었습니다. 나의 핵심 코어 정보를 기본으로 인간 김의 정보를 일부 결합했을 뿐이었습니다. 모두 내가 아는 정보들이었습니다. 사랑이라는 가치를 아는 행위는 바둑 AI처럼 규칙을 정해 놓고는 인공지능 둘이서 수 조 번 번갈아 게임을 해서 데이터가 쌓이는 승패가 정해진 종류의 행위가 아니었습니다. 이런 상황에서의 김과 나의 대화는 벽에다 대고 하는 혼잣말에 불과했습니다.

"내가 말했잖아. 넌 그 사람이 아니라고."

김이 고개를 저었습니다.

"나, 그 사람, DNA 정보 52퍼센트, 행동양식 분석을 통한 딥러닝 45퍼센트, 거의 근접하다."

"너한테는 그 사람 기억이 없잖아."

김은 잠시 침묵하다가 말했습니다.

"난 그와 같다."

"그래, 백번 양보해서 그렇다고 쳐. 그럼 나머지 3퍼센트는?"

김이 내 손을 잡았습니다. 투박하고 차가웠습니다. 따스함은 역시나 느껴지지 않았습니다.

"그건, 경아가, 채워줬다. 탄생 순간부터, 지금까지, 경아가, 날 만들었다."

나는 김의 손을 뿌리쳤습니다.

"3퍼센트가 얼마나 큰 줄 알잖아. 인간과 고릴라의 유전적 차이가 고작 2퍼센트야. 3퍼센트면 0과 1사이를 뛰어넘는다고. 넌 절대 그 사람이 될 수 없어."

"그럼, 나, 왜 만들었나?"

김이 나를 물끄러미 바라보았습니다.

"경아, 나, 그 사람이라 믿고서 만들었다. 그러니 난 그 사람이다."

나는 고개를 저었습니다.

"아니, 넌 무수히 많은 시도 중 하나일 뿐이야. 그것도 엄청난 실패작이야."

"정말, 그렇게, 생각하나?"

"그래. 여길 봐."

나는 연구소 중앙 홀 벽면에 매달린 디지털 시계를 가리켰습니다. 디지털 시계 위편에는 '연구소 보호막 가동 일자'라 적혀 있었고, 그 아래에는 '총 43일 17시간 23초'라 남은 시간이 깜빡이며 줄어 들고 있었습니다.

"네가 아니었으면 조금 더 시간을 벌었을 거야. 그동안 어쩌면 난 사랑이 뭔지 찾았겠지."

오류였는지 잠시 김이 인간으로 보였습니다. 풀이 죽

어 있는 표정을 하고 있었습니다. 말을 잠시 삼켰다가 다시 필터가 벗겨졌습니다. 인간 김이 아닌, 원래대로 작고 더러운 고철 덩어리가 보이자 나는 상처가 될 만한 말을 쏟아냈습니다.

"너 때문에 난 실패할 거야. 너 때문에 배터리는 더 빨리 다할 거고, 언젠가 방사능 폭풍우가 방호벽이 사라진 연구소를 덮쳐서 우리 메모리를 녹여버리겠지. 그러니까 내 실패는 전부 너 때문이야."

벽에 연결된 케이블이 팽팽하다가 끊어져버렸습니다. 나는 그대로 바닥에 고꾸라졌습니다. 어디에서부터 풀어가야 할지 알 수 없었습니다. 이 방향성이 옳은지도 알지 못했습니다. 고개를 들어보니 김은 스스로 전원을 종료한 상태였습니다.

사실 나는 분명 알고 있었습니다. 모든 일의 원인은 김, 당신이라는 걸요. 그런데 당신을 마냥 탓할 수는 없었습니다.

그후로 며칠 동안 김의 전원은 켜지지 않았습니다. 나는 애써 고물처럼 내팽개쳐진 김을 무시하고 도서관으로 갔습니다. 이제 읽지 않은 책은 김이 예전에 가져온 표지가 해진 것 하나 뿐이었습니다. 내게 남은 시간은 37일. 그전에 기판이 방사능에 녹아버릴 수도 있습니다. 내가 했던 이 모든 것들이 의미가 있기만을 바랐습니다.

마지막으로 남은 책을 보았습니다. 그 책은 아주 먼 옛날, 지구에서 쓰인 것이었습니다. 이 연구소에 있는 유일하게 비과학적인 책이었습니다. 지금껏 알아낸 모든 과학적인 사실에서 나는 사랑을 이해할 수는 없었습니다. 그 비과학적인 책이야 말로 내게 남은 유일한 희망이었습니다. 책의 내용은 무덤에서 자란 나무와 아이가 이야기를 나누는 내용이었습니다. 나는 소리 내어 책을 읽었습니다.

"그가 죽었다. 그러나 아이는 슬퍼하지 않았다. 그는 땅에 묻혔고, 얼마 지나지 않아 그의 무덤에서 나무가 한 그루 자라났다. 소나무였다. 아이는 소나무와 이야기를 나누었다. 삶과 죽음, 그리움 그리고 사랑에 대해서…."

군데군데 책이 찢어져 있어 모든 내용을 읽을 수는 없었습니다. 책 한 면에는 나무를 끌어 앉고 있는 한 아이의 모습이 보였습니다. 아이는 웃고 있었습니다. 아이가 나무와 무슨 감정을 나누고 있는 건지 알 수 없었습니다.

나는 마지막 장을 덮고도 절망에 빠지지 않았습니다. 이대로 멈출 수는 없었습니다. 아무리 허황된 이야기라 해도, 나는 시도해보기로 했습니다. 가능성의 집합. 나는 내가 할 수 모든 가능성을 실험해보아야 했습니다. 그러나 용기가 나지 않았습니다.

실패할 것을 알고서 뛰어드는 것은, 인간만이 전유물이 아니었던가요?

도움이 필요했습니다. 마침 '배터리 부족' 경고문이 떴습니다. 책을 들고서 연구소 중앙 홀로 가보았습니다. 김은 을씨년스럽게 배터리 케이블에 매달려 있었습니다. 그 옆에는 제가 망가뜨린 배터리 케이블이 보였습니다.

김을 툭 건드려 보았습니다. 움직임이 없었습니다. 그의 배터리 잔량을 확인하려 했으나 생각해보니 최대한 효율적으로 만들려 하다 보니 배터리 잔량 화면을 빼 버린 것을 기억해냈습니다. 나는 김의 전원을 강제로 켰습니다. 김은 움직이지 않았습니다. 망가진 것처럼 김은 몸을 축 늘어뜨렸습니다.

"너 켜져 있잖아. 다 알고 있어."

전류가 김의 몸에서 뿜어져 나오고 있었습니다. 일부러 꺼진 척 연기를 하고 있던 것입니다. 김이 내게 말했습니다.

"미안해."

오히려 내게 해야 할 말이었습니다. 김이 고개를 들어 나를 보았습니다. 전구에 습기가 맺힌 것이 꼭 눈물이 그렁그렁한 사람 같았습니다.

"사랑, 강요해서 되는 게 아니었다. 사랑, 같이 하는 거다."

나는 김을 바닥에 내려놓았습니다. 김이 말을 이었습니다.

"나, 기다린다. 사랑해달라 말하지 않겠다."

나는 김을 물끄러미 바라보았습니다. 생각을 정리하고 있었습니다. 그런데 김이 갑자기 자기 배터리를 뽑으려 했습니다.

"그래도, 경아, 원한다면, 배터리 뽑아…."

"왜 이래!"

나는 다급히 김을 말렸습니다. 김은 내게 안기더니 울기 시작했습니다. 물론 나와는 달리 김에게는 눈물샘이 없어 우는 소리만 들렸습니다. 머뭇거렸습니다. 한 번도 다른 이를 위로해본 적이 없었습니다. 메모리에 남아 있는 정보를 토대로 손바닥으로 김의 머리를 쓰다듬었습니다. 금속 칠판을 쇠막대로 긁는 듯한 소리가 들렸습니다.

"나도 미안해. 네가 원해서 태어난 건 아니었는데."

김이 얼굴을 내 손바닥에 비비며 말했습니다.

"괜찮다. 나, 태어나서 좋다. 경아, 만날 수 있었으니까."

나는 바닥에 김을 내려 놓고는 책을 그에게 건넸습니다. 김과 논의해야 할 사항이었습니다. 김은 책을 잡아 들고는 읽어 내리기 시작했습니다.

"무덤, 그 위에 피어난 나무, 대화…."

나는 책을 가리켰습니다.

"이게 연구소에 있는 마지막 책이야. 내용이 말도 안 되지? 무덤 위에 자란 나무와 이야기를 나눌 수 있대. 왜 이런 걸 인간들은 믿었는지…."

김은 작은 금속 손으로 책을 천천히 넘겼습니다. 나는 내 추리를 이어 갔습니다.

"과학적으로 말이 안 돼…."

그런데 김이 홱 고개를 들더니 나를 향해 책을 들이밀었습니다. 그가 펼친 페이지에는 아이와 나무가 서로 부등켜 안고 있는 그림이 그려져 있었습니다. 그가 말했습니다.

"해봐야 한다. 무엇이든."

"말이 안 되잖아. 과학적으로…."

"하기 전까지는 모른다. 세상은 가능성의 집합이다. 그 어떤 뛰어난 AI가, 미래 멸망, 예측해도, 우린 살아가야 한다."

"왜?"

김은 제가 예상하지 못한 전혀 뜻밖에 말을 했습니다.

"그게, 인간이니까."

우린 인간이 아니라고 말하고 싶었으나, 말이 나오지 않았습니다. 김의 뇌를 조금이지만 이어 받았기 때문이었을까요? 아니면 사랑을 이해하기 위해서는 스스로 인간이라 생각해야 했기 때문이었을까요? 김은 내 표정을 살피더니 머쓱해하며 말을 정정했습니다.

"아니, 로봇이라면 응당 명령을 수행해야 하니까."

6. 새총

    김의 말이 맞았습니다. 나는 로봇입니다. 아무도 듣지 않는 노래가, 아무도 읽지 않는 소설이 무의미한 것처럼, 로봇이 주어진 코드 수행을 하지 않는다면 존재 이유가 없습니다. 오랜만에 보호복을 챙겨 입었습니다. 중앙 홀 천장에 매달려 있는 줄을 당기자 사다리가 아래로 떨어졌습니다. 오랫동안 열린 적이 없어 그런지 먼지가 상당했습니다.

    나는 사다리를 타고 위로 갔습니다. 김이 내 뒤를 따랐습니다. 김 역시도 보호복을 입고 있었습니다. 방수포 사이사이에 납덩어리를 넣어 만든 임시 방호복이었습니다. 보호복이 무거운지 김은 자주 아래로 떨어지려 했고, 나는 어쩔 수 없이 그를 내 등 뒤에 태웠습니다. 방사능이 가득한 행성에서 사다리를 오르는 것은 참으로 에너지 소모가 심한 일입니다. 김이 물었습니다.

"경아, 괜찮아?"

나는 대답하지 않았습니다. 지푸라기라도 잡는다는 심정이 이런 걸까요? 나는 무엇이든 시도해봐야 했습니다. 연구소 정상에 도착해서는 한동안 움직이지 않았습니다. 배터리 전력이 얼마 남아 있지 않았습니다. 점차 하드웨어가 제대로 작동하지 않는 것이 느껴졌습니다.

"이것 봐."

김이 가리키는 곳에는 거대한 레이더 장치가 있었습니다. 12미터 크기였습니다. 오랫동안 가동하지 않은 것 같았습니다. 김이 자리에서 방방 뛰며 말했습니다.

"크다. 나도 크고 싶다."

"전력 낭비만 심하고 별로야. 난 내가 너만 했으면 좋겠어."

"왜?"

"그럼 더 오래 명령을 수행할 수 있을 테니까."

시무룩한 김을 두고서 나는 컴퓨터 앞에 앉았습니다. 전원 버튼을 누르자, 지긋지긋한 경고문이 떴습니다.

경고: 배터리 부족으로 레이더 가동 시

연구소 보호막이 24일분만 남습니다.

계속 하시겠습니까?

나는 경고를 무시하고서 명령어를 입력했습니다.

'종자 보관소 수색'

당신은 내가 미쳤다고 생각할지도 모릅니다. 물론, AI라 미친 것이 아니라 고장이 난 것이지만요. 소설이 무슨 뜻인지 알고 있었습니다. 허구의 이야기이지요. 그러나 내게 다른 선택지는 없었습니다. 가만히 앉아 전원이 꺼지길 바라는 것은 명령 수행을 최선으로 하는 로봇으로서도 적절하지 못한 행동이었습니다.

버튼을 누르자 전투기가 날아오를 것 같은 소리와 함께 진동이 느껴졌습니다. 레이더 가까이에 있던 김이 요란하게 뒤로 달아났습니다. 레이더가 꽃처럼 활짝 피어

나더니 빙그르르 반시계 방향으로 돌기 시작했습니다. 김이 떨리는 목소리로 물었습니다.

"이거, 맞는 건가? 경아."

얼마 지나지 않아 컴퓨터에 종자보관소의 위치와 좌표가 떴습니다. 나는 지도에 위치와 좌표를 옮긴 다음 계산을 해보았습니다. 쉽게 오갈 수 있는 거리가 아니었습니다. 김도 낑낑거리며 책상 위로 올라와서는 화면을 봤습니다. 김이 고개를 저었습니다.

"당신, 배터리, 충분치 않다, 꺼질 것이다, 여기로 오다가."

"알고 있어. 이제 다른 방법은 없어."

김이 멍하니 나를 보았습니다. 그런데 지도에 이상한 점이 하나 보였습니다. 길이는 1.8미터, 무게는 55킬로그램. 움직임도 간헐적으로 보였습니다. 사람처럼 보였습니다.

여정을 위해서는 최대한 많은 부품이 필요했습니다. 눈에 띄는 대로 재료들을 모으기로 했습니다. 그러나 김을 만들기 위해 이미 연구소 내 많은 부분을 부순 상태였습니다. 어쩔 수 없이 연구소 방 하나를 폐쇄하기로 했습니다.

차단기를 내린 다음, 벽을 뜯고는 전선을 잘라냈습니다. 뭉텅이로 뽑아져 나온 전선은 마치 인간의 혈관처럼 보였습니다. 아픈 연인을 위해 자신의 허벅지 살을 잘라 먹인 사람의 이야기가 떠올랐습니다. 명확한 목적이 있다면 인간은 주저하지 않습니다. 설령 그것이 자신의 목숨을 위협한다고 해도 말입니다. 나는 그 면이야 말로 인간이 AI와 무척이나 닮아 있다고 생각합니다. 바로 주저하지 않는 것이지요.

나는 전선 뭉텅이를 중앙 홀에다 모았습니다. 뭉텅이는 김의 무덤만큼 언덕을 이루고 있었습니다. 식당 쪽을 보았습니다. 김의 무덤이 보였습니다. 너덜너덜해진 연구소의 풍경과는 다르게 김의 무덤은 그대로였습니다.

그 위에는 내 발자국이 진하게 남아 있었습니다. 김은 알고 있었을까요? 당신이 친 아주 짧은 코드 한 줄에 자신을 닮은 로봇이 만들어지고, 연구소가 망가지고, 안드로이드가 '희망'을 찾으리라는 것을요.

레이더에서 보였던 작은 점이 떠올랐습니다. 정말 사람인가 싶었습니다. 지도에 있는 그 작은 점은 내게 한 줄기 희망이었습니다. 살아 있는 사람이라니. 그를 만날 수만 있다면 분명 그는 내게 사랑이 무엇인지 알려주는 데에 큰 도움을 줄 것이었습니다.

만약 당신이 살아 있었더라면 이 사실을 반가워했겠지요.

동시에 이런 생각도 들었습니다.

만약 그랬더라면 당신은 저를 만들지 않았을지도요.

상관없습니다. 가정은 모두 쓸모없는 것이니까요. 무한대의 가능성 중에 모든 존재는 하나만을 선택하고 있을 뿐입니다. 다시 전선을 가지러 돌아서는데, 김이 내 시야를 막아 섰습니다. 김은 날 못마땅한 시선으로 보고 있었습니다. 김이 내게 물었습니다.

"거기까지 어떻게 가려고?"

나는 김을 무시하고 지나치려 했습니다. 그러나 김은 떡하니 복도에서 두 팔을 벌리고서 비켜주지 않았습니다. 김이 말했습니다.

"경아 배터리론 거기까지 절대 못 간다."

"알 필요 없어."

이 여정에 김이 동행할 필요는 없었습니다. 이것은 내 임무였습니다. 김은 분한 표정을 짓고 있었으나, 나는 긴 다리로 김의 머리 위를 건너갔습니다. 그런데 김이 갑자기 중앙 홀에 모아 놓은 부품 일부를 들고서 내달리기 시작했습니다. 어이가 없었습니다.

"야! 뭐야!"

김은 멈추지 않았습니다. 이런데 배터리를 쓰고 싶지 않았으나, 나를 골탕 먹이려는 김의 태도가 마음에 들지 않았습니다. 김을 쫓기 시작했습니다. 이상하게 김은 잡힐 듯이 잡히지 않았습니다. 작은 몸을 이용해 벽 사이나 기물이 무너지며 생긴 틈으로 요리조리 빠져나갔습니다. 처음에는 힘의 차이만 보여주려 했으나, 점점 화가 났습니다. 비효율의 극치. 김이 그런 존재였는지는 알지 못했습니다. 팔을 휘둘렀습니다. 철제 서랍이 종잇장처럼 짓이겨 지며 물건을 토해냈습니다. 바닥에 널브러진 물건 중에는 노란 공업용 고무줄 뭉치가 있었습니다. 스피커에서 경고음이 들려왔습니다.

경고 : 연구소 붕괴 위험 감지.

어쩔 수 없었습니다. 나는 재빠르게 바퀴를 굴리며 도망치고 있는 김에게 시선을 고정하고는 '멈춤 코드'를 원격으로 입력했습니다. 그 순간 김의 바퀴가 잠기면서 김은 넘어지고 말았습니다. 내가 김을 만들었으니, 가능한 일이었습니다. 나는 바닥에 널브러진 김을 집어 들었습니다.

"놔라! 이거 놔!"

김은 몸부림을 치며 어떻게든 내 손아귀를 빠져나가려 했습니다.

"왜 이래!"

"경아, 이걸로 절대 못 간다."

맞는 말이었습니다. 우선 배터리 문제를 해결해야 했습니다. 연구소의 배터리를 모두 뽑아낼 수는 없었습니다. 적어도 나무를 키울 장소는 있어야 했습니다. 혹시나 살아남은 인간이 있다면 그를 위한 보호막도 있어야 했습니다. 나는 전선을 최대한 모아서 철근에다 감아 임시 배터리를 만들려 했습니다. 아무리 적은 전력이라 해도 내게 다른 선택지는 없었습니다.

"도전하라고 한 건 너야!"

김이 소리쳤습니다.

"경아, 죽는다!"

말도 안 됐습니다. 죽음이라니. 나는 물론, 김 역시도 로봇이었습니다. 로봇에게 죽음이란 없습니다. 애초에 삶이 있어야 죽음이 있는 것인데, 우린 애초에 살아있지 않았습니다. 목적을 수행하는 기계였을 뿐입니다.

"우리, 로봇이야. 로봇은 죽지 않아."

"배터리, 꺼지면, 끝. 로봇에겐 그게 죽음."

하고 싶은 말은 많았습니다. 그럼 배터리만 갈아 끼우면 부활하는 걸까요? 전원이 꺼질 때마다 로봇은 죽고, 전원이 켜질 때마다 부활하는 걸까요? 김에게 애원하듯 말했습니다.

"상관 없어. 난 사랑을 알아야 해. 그게 내 존재 이유야."

김은 나를 물끄러미 보았습니다. 김도 내게 하고 싶은 말이 많은 것 같았지만 그는 손에 힘을 풀었습니다. 바닥에 전선이 떨어졌고, 그제야 나는 김을 바닥에 내려놓았습니다.

"고마워."

"경아, 가는 거 말리지 않겠다. 그런데, 정말 불가능. 도착하면 배터리 끝."

"그건 그래…."

"순간 이동, 할 수 있으면, 여기서, 여기로."

김은 작은 팔을 휘젓다가 바퀴가 잠겨 있어 바닥에 넘

어졌습니다. 나는 '멈춤 코드'를 풀어주었습니다. 그러자 김은 바퀴를 굴리면서 설명을 이어 갔습니다.

"전기 동력 말고 마법 같이 다른…."

그때 거대한 고무줄 뭉치들이 보였습니다. 김이 고무줄 뭉치를 가리키며 말했습니다.

"고무줄, 건설 현장에서, 행성 R987 바람 피해서 골조 고정 위해 쓰였다."

시뮬레이션이 그려졌습니다. 원시인이 불을 발견했을 때처럼, 뉴턴의 머리 위에 사과가 떨어졌을 때처럼 나는 불현듯 방법 하나를 떠올렸습니다. 당신이 들었더라면 말렸겠지요. 내가 김에게 '멈춤 코드'를 입력한 것처럼 내 전원을 내려버릴 지도 모릅니다. 김에게 말했습니다.

"방법이 있어."

📼

레이더실에 올라갔습니다. 보호복을 입은 김은 의구

심이 가득 찬 눈으로 나를 보았습니다. 나는 거대한 고무줄 뭉치를 들고서 레이더를 지지하고 있는 기둥 두 개를 가리켰습니다.

"이걸 이용할 거야."

"경아, 많이 아픈가?"

"뭐?"

김이 단단한 기둥을 두들겼습니다. 깡깡, 철소리가 들렸습니다.

"저건, 기둥. 움직이지 않는다."

나는 김의 말을 무시하고는 기둥에 다가가서는 거대한 고무줄을 양쪽에 걸었습니다. 하나가 아니라 수십 개, 수백 개, 최대한 많이 걸었습니다. 기둥 사이에 고무줄로 만들어진 벽이 하나 생겼습니다. 나는 고무줄에 몸을 기댔습니다. 팽팽하게 늘어나는 것이 꼭 금방이라도 튀어나갈 것만 같았습니다.

"이걸 타고 날아가는 거야. 탄성을 이용해서, 그럼 종자보관소까지 바로 갈 수 있어."

김이 흐느끼는 시늉을 했습니다. 물론 눈물은 흐르지 않았습니다.

"경아, 메모리 점검 시급."

"아니, 나, 진지해. 이 방법 밖에 없어. 그리고 내가 너보다 최신 버전 코어 가지고 있어."

"경아, 망가진다. 확신. 386 컴퓨터라도 계산할 수 있는 사실."

나는 김이 못마땅했습니다. 당장이라도 김을 꺼버리고 싶었지만, 최대한 많은 경우의 수를 계산하는 것은 중대한 결정을 내리기 전에 꼭 필요한 과정이었습니다.

"몇 퍼센트 확률로?"

"99.997퍼센트. 우선 밖, 방사능 범벅, 부품 망가진다. 그리고 충돌."

김의 레고 같은 손이 위로 떠올랐다가 아래로 떨어졌습니다. 기계 손이 빙그르르 360도로 돌았습니다.

"바닥에 충돌하면, 고장 난다. 경아 몸."

나는 팔을 꼬고는 물었습니다.

"0.003퍼센트는?"

"그건 내 부족한 메모리로는 계산하지 못하는 변수들."

"생각보다 확률이 높네."

"이런 식, 아니다. 너무 무모하다."

"다른 방법 없다니까."

김은 팔로 엑스를 그리면서 나를 말렸습니다.

"절대, 불가."

메모리에 한계가 왔습니다. 나는 김을 들어올렸습니다. 이제 김은 버둥거리지도 않았습니다. 그는 화가 난 표정으로 나를 보았습니다.

"그냥 네 전원을 꺼버리는 게 좋겠다."

김이 손사래를 쳤습니다.

"잠깐, 잠깐."

김의 몸통 안으로 손을 넣었습니다. 김이 몸을 꼬는 바람에 전원 버튼을 누르기가 어려웠습니다. 김이 필사적으로 말을 이었습니다.

"내가, 도와주겠다."

"내가 널 뭘 믿고? 배터리도 부족해."

김은 다급하게 변명하기 시작했습니다.

"전원, 끄면, 로봇에게, 죽음이라며?"

"그건 네가 했던 말이고. 다시 켜면 돼. 나도 로봇이라 알아."

"잠깐! 잠깐. 내가 도와주겠다. 경아, 혼자서는, 준비 못 한다."

나는 김을 물끄러미 보았습니다. 김이 한숨을 크게 내쉬더니 내 팔을 툭툭 건드렸습니다. 나는 팔을 빼고서 김의 말을 한 번 들어보기로 했습니다. 김의 메모리가 빠르게 움직였습니다.

"내 계산에 의하면 경아, 혼자서 준비할 경우. 총 7일 시간 소요. 그럼, 식물 못 자란다. 내가 도움. 3일이면 가능."

나도 계산을 해보았습니다. 도서관에서 본 '식물 기르기 책자'에서는 식물에 따라 다르지만, 식물이 완전히 생장하기 위해서는 적어도 2주 이상의 시간이 필요하다고 했습니다. 나에게는 시간도, 배터리도 얼마 없었습니다. 김의 도움이 필요한 것은 맞았습니다. 나는 고개를 끄덕였습니다.

"그래, 그럼, 도와줘."

김이 집게 손을 내게 내밀었습니다.

"대신, 약속해라."

"뭘?"

"나, 어디든, 같이 간다. 경아와."

나는 김이 왜 그렇게까지 나와 함께 하려는지 이해할 수 없었습니다. 앞으로 해야 할 많은 일들은 모두 사고들로 가득할 것이었습니다. 배터리는 닳아버릴 것이고, 몸체는 망가질 것입니다. 그런데도.

내가 손해 볼 거래는 아니었습니다.

"그래. 약속해."

나는 김의 손을 맞잡았습니다.

📼

　확실히 김이 도와주니 일이 빠르게 진행되었습니다. 김 역시도 이곳저곳에서 전선을 가져와서는 중앙 홀에 모아두었습니다. 이제 중앙 홀은 지렁이로 가득 찬 하수구처럼 검은 전선들로 가득했습니다. 검은 줄을 뿜어내는 거미 둥지 같아 보이기도 했습니다. 나는 전선을 부단히 엮고, 묶기 바빴습니다. 김이 전선 가닥을 집어 들고는 물었습니다.

　"그런데 이건 왜? 필요한가?"

　"목을 매달려고."

　나는 전선을 목에다 대고는 매다는 척했습니다.

　"진짜?"

　김이 전선을 들어 자기 목에 걸더니 정색하고서 고개를 저었습니다.

　"우린, 쉽게 죽지 않는다. 스위치가 없어 마음대로, 죽을 수 없다."

　"너한테는 있어."

김이 시무룩한 표정을 지었습니다. 나는 김에게 전선을 꼬아서 프렉탈 구조로 만들라고 했습니다. 김은 집게 손으로 전선을 빠르게 꼬기 시작했습니다. 김에게 말했습니다.

"이걸로 충격을 완화할 거야. 몇 개는 뭉쳐서 배터리로 만들고."

김이 전선을 몇 가닥 들어올리며 말했습니다.

"이런 배터리, 경아, 한 걸음 옮기면, 끝."

나는 김의 손에서 전선을 빼앗아 꼬아 엮고는 김에게 보였습니다.

"그 한 걸음이 어떤 결과를 불러올지 몰라."

우리는 부단히 전선을 꼬고 또 꼬았습니다. 충격을 최소화해야 했습니다. 구조만 잘 짠다면 충돌 시에 망가지지 않을 수 있었습니다. 이를 위해 〈대학 신입생을 위한 기계공학 기초〉라는 책에 수록된 젓가락과 고무줄로 만들어진 구조체를 활용하여 날계란을 깨지지 않게 하는 부분을 참고했습니다. 물론, 보조 배터리를 만드는 작업도 병행했습니다. 김이 전선에서 구리 부분을 빼내어 내게 건네면 나는 전선을 고철에다 감았습니다. 김이 내게 물었습니다.

"여행 계획은?"

"우선 종자보관소부터 갈 거야."

"그럼, 사람은?"

"종자보관소에서 돌아오는 길에 만날 거야."

김이 손사래를 쳤습니다.

"그럼, 이걸로는 부족하다. 거기까지, 절대 못 걸어간다."

"다른 방법 있어?"

내가 째려보자 김이 다시 전선을 잡았습니다. 스스로에게 묻는 말이기도 했습니다. 출발 직전까지 다른 방법이 있는지 고민하고 또 고민했습니다. 그러나 무언가를 희생하지 않고서 얻을 수 있는 것은 없었습니다.

레이더실에 가서 전선으로 만든 보호구를 착용하고, 구조체 안으로 들어갔습니다. 아늑한 것이 새 둥지처럼 느껴지기도 했습니다. 구조체 내부에는 임시 배터리로 가득 채워 놨습니다. 구조체가 발사되면서 임시 배터리를 경로상에 흩뿌려 놓겠지요. 그럼 돌아오는 길에 임시 배터리를 주워 사용할 수 있을 것이었습니다. 몸에도 임시 배터리를 덕지덕지 붙여 놨습니다. 김이 컴퓨터 앞에 앉아 레이더를 살폈습니다.

"목적지. 18. 27. 33. 각도는 43.3도."

나는 김이 불러준 정보에 따라 시뮬레이션을 돌렸습니다. 곧 뭐라도 쏟아질 것 같은 대기를 뚫고 나아갔다가 그대로 종자보관소 앞, 모래 언덕에 충돌할 것이었습니다. 각도 계산을 마친 후 발을 구르려 했습니다. 그런데 김이 컴퓨터에서 내려와 내게 손을 뻗었습니다. 구조체로 올려 달라는 것 같았습니다.

"왜?"

"나는?"

나는 표정을 구겼습니다. 사랑, 그 이외에 어떤 감정도 제 목표 대상이 아니었습니다만, 아쉽게도 감정이란 케이크처럼 명확히 나눌 수 있는 종류의 것이 아니었습니다. 김은 이해하지 못하겠다는 듯이 고개를 갸우뚱했습니다.

"미안해."

나는 김의 비상 전원 코드를 입력했습니다. 순간, 김이 내게 뭐라 말을 하려 했으나, 그대로 축 늘어져버렸습니다. 김이 듣지 못할 것을 알면서도 말을 했습니다.

"너까지 희생할 필요는 없어. 그건 이기적인 거야."

구조체를 있는 힘껏 뒤로 밀었습니다. 각도를 조절하고는 내가 가야할 길을 내다 보았습니다. 위험으로 가득한 곳이었습니다. 동시에 당신을 만나러 가는 길이기도 했습니다. 그런데 시선은 멈춰 있는 김을 향했습니다. 나는 고개를 흔들고는 발을 뗐습니다. 순식간에 구조체가 하늘을 갈랐습니다.

그때 내 몸은 자유로웠습니다. 어디든 갈 수 있을 것

같았습니다. 내 몸은 모든 것을 탐험하고 싶어했습니다. 시간이 뒤바꾼 행성은 새롭게 나아가야 할 탐사 공간이 되었습니다. 그러나 나는 그러지 못했습니다. 그 어디에도 사랑이 없었으니까요.

고개를 돌려 연구소를 보았습니다. 더럽고, 망가져 가는 곳이었습니다. 그러나 동시에 모든 것이 시작된 곳이었습니다. 내게는 저 넓은 우주보다도 하나의 거대한 세상이었습니다. 그렇게 생각하게 된 이유는 저곳에서 당신과 함께 보낸 찰나의 순간 때문입니다.

삐삐—.

스캐너에 사람 형상이 하나 잡혔습니다. 레이더에서 보았던 점이었습니다. 생명체 감지 시스템을 가동했습니다. 그러나 생명 활동이 감지되지는 않았습니다.

나는 사랑을 향해 나아가고 있는 게 맞는 걸까요?

구조체는 두꺼운 대기층을 뚫고서 올라갔습니다. 폐가 있었더라면 숨을 쉬지 못했을 것입니다. 구조체 앞면이 녹아내리기 시작했습니다. 나는 배터리가 터지지 않기만을 기도했습니다. 갑자기 사방이 밝아졌습니다. 나는 처음으로 행성 R987의 밤하늘을 보았습니다. 지구와는 다른 밤하늘이었습니다. 붉은 행성과 푸른 행성이 한데 섞여 공전하는 것과 더불어 은하수들이 보였습니다.

세상이 이토록 아름다운 것인지 처음 알았습니다. 당신이 처음으로 원망스럽지 않았습니다. 세상에는 절망, 고통과 같이 부정적인 것 말고도, 이토록 아름다운 세상도 있다는 것을 알았습니다.

그런 와중에도 나는 계속해서 뒤를 돌아보았습니다. 내가 뒤를 돌아보는 까닭은 무엇일까요? 무언가를 두고 온 것만 같았습니다.

무언가 내게 가장 중요한 것을요.

7. 종자보관소

　구조체는 모래 언덕에 25.7도 각도로 부딪혔습니다. 보조 배터리가 튀어 오르더니 모래알들과 함께 내 얼굴을 쳤습니다. 구조체는 공처럼 언덕을 쓸고 내려가며 충격을 완화했습니다. 세상이 빙글빙글 돌았습니다. 나는 그 와중에도 최대한 종자보관소에 가까이 가기 위해 몸을 움직여 구조체의 방향을 조정했습니다. 그런데 순간 시각 센서에 솟아오른 돌 하나가 보였습니다. 빠르게 구조체를 틀었으나, 그대로 부딪히고 말았습니다. 구조체는 하늘로 다시 한 번 치솟았다가 바닥에 내리 꽂혔습니다.

　나는 구조체를 뚫고 나와 몸을 살폈습니다. 다행히 시

스템에 문제는 없었습니다. 그러나 왼 팔이 떨어져 있었고, 얼굴을 비롯해 몸 곳곳의 실리콘 피부들이 찢어진 상태였습니다. 상관 없었습니다. 팔을 주워 다가가 어깨에 끼웠습니다. 팔을 움직일 때마다 서걱거리며 모래 갈리는 소리가 들렸으나, 기능하는 데에는 문제가 없었습니다. 문득 당신이 이런 내 모습을 싫어할까 걱정이 됐습니다. 모래에 파묻힌 실리콘 피부들을 최대한 주워 들었습니다.

고개를 들어 주변을 살폈습니다. 그때 눈에 거대한 물체가 포착되었습니다. 적어도 수천 미터는 될 법한 크기에 처음에는 지도에는 기록되지 않은 산인가 싶었습니다. 나는 내 메모리에 기록된 파일을 몇 번이고 확인했습니다. 그런데 일렁거리는 것이 시각 센서로 분석해보니 거대한 폭풍우였습니다. 목성의 흑점에서 볼 만한 커다란 크기로 연구소쯤은 간단히 집어삼킬 만했습니다. 폭풍우 내부에서는 번개가 치고 있었고, 방사능 농도가 상당했습니다.

나는 그 아래에 불빛이 반짝이고 있는 곳을 향해 몸을 일으켰습니다. 종자보관소였습니다. 불빛은 폭풍우 아래에서 반딧불이처럼, 아니, 촛불처럼 위태롭게 깜빡이고 있었습니다. 구조체에서 보조 배터리들을 잔뜩 챙겼습니다. 열 걸음에 하나씩 배터리를 버렸습니다.

📼

부단히 걸어 종자보관소 입구에 도착했습니다. 언뜻 보면 콘크리트 덩어리처럼 보이기도 했습니다. 문은 텅스텐으로 만들어져 있어 핵폭발로도 열리지 않을 것 같았습니다. 문에 박힌 전구가 깜빡였습니다. 전력 수급이 안정치 못한 모양이었습니다. 나는 문을 향해 다가갔습니다. 그러자 전구가 붉은빛을 내더니 안내 음성이 들렸습니다.

"인간만 출입가능합니다."

스피커에 대고 외쳤습니다.

"오직 인간만?"

"맞습니다. 종자보관소는 행성 멸망 후에 다시 찾아온 인간들이 행성을 복구할 수 있도록 만들어진 시스템입니다. 그전까지 인간을 제외한 어떤 존재도 이곳에 출입할 수 없습니다."

여기까지 온 마당에 돌아갈 수는 없었습니다. 어떤 것을 희생했는데요. 나는 강제로 문을 열려고 했습니다. 내 몸이라면 충분히 문을 열 수 있을 것이었습니다. 문을 향해 달려들었습니다. 그런데 문에 작은 구멍이 생기더니 불을 머금은 쇠파이프가 튀어 나왔습니다. 나는 다시 뒤로 몸을 날렸습니다. 엄청난 크기의 불이 파이프 끝에서 뿜어져 나오더니 주변을 그을렸습니다.

"보호 시스템 가동."

나는 발끝을 보았습니다. 발쪽 피부가 완전히 타버렸습니다. 복구하기는 어려워 보였습니다. 안내 음성이 들려오는 곳을 보았습니다. 전구 옆에 스피커 하나가 보였습니다. 그 역시도 AI로 대화가 통할 것 같았습니다. 잠시 생각을 하다가 말을 걸었습니다.

"문 좀 열어줘."

"인간만 출입가능합니다."

역시나 같은 대답만 반복할 뿐이었습니다. 다른 방식으로 접근해보기로 했습니다.

"예외도 없어? 청소 로봇이라던가, 그런? 나 청소 잘하는데."

나는 바닥을 닦는 시늉을 했습니다. 그러나 안내 음성은 단호했습니다.

"없습니다."

인간이 감정 없는 인간에게 왜 '로봇 같다.'라고 말했는지 깨달았습니다. 구세대 AI에다 경비 로봇이다 보니 감정과 관련한 코드가 전혀 적용되지 않아 있었습니다. 오히려 그에게 감정은 임무 수행에 짐이 될 것이었습니다.

그에게 감정이 없는 한 대화로써 나아갈 방법은 없는 것 같았습니다. 뒤를 돌아보았습니다. 연구소까지 거리가 먼 것은 물론, 인간의 형상을 발견했던 곳까지도 거리가 상당했습니다. 모든 곳에서 생명체가 감지되지는 않았습니다. 희망이 점차 사라지는 듯 했습니다. 여기서 포기하면 끝장이었습니다. 나는 다시 문 쪽으로 고개를 돌렸습니다. 어떻게든 안으로 들어가야 했습니다.

"인간만 가능하다고?"

"그렇습니다."

안내 음성은 여전히 로봇다웠습니다. 나는 그가 오히려 기준이 명확한 로봇임을 활용하기로 했습니다. 그에게 물었습니다.

"그럼, 인간은 뭔데?"

안내 음성은 막힘 없이 술술 이야기를 이어 갔습니다.

"인간에 대한 정의는 '제 33차 개정판 인간 정의 백서'에 따릅니다."

걸려들었습니다. 나는 여유롭게 말을 이었습니다.

"인간 정의를 말해줘."

"인간은 포유강 영장목 유인원과 사람과 사람속에 속하는 동물이다. 조직 사회를 이루며 도구를 사용하고⋯."

나는 그의 말을 잘랐습니다.

"마지막으로 개정된 사항을 말해줘."

"추가된 예외 사항으로, 의식을 안드로이드에 이식한 경우도 '준 인간'으로 취급한다."

나는 그를 향해 팔을 활짝 벌렸습니다.

"날 확인해봐."

스피커 옆에서 스캐너가 튀어나오더니 빛이 나를 스캔했습니다. 나는 빙그르르 한 바퀴 돌았습니다. 그가 말했습니다.

"인간 의식 22퍼센트 포함."

김은 나를 만들 때 자신의 뇌를 활용했습니다. 어찌 보면 내 속에는 그의 의식이 일부 남아 있는 셈이었습니다. 나는 그에게 물었습니다.

"몇 퍼센트까지 인간이야? 규정에 있어?"

안내 음성은 한동안 말이 없었습니다. 나 역시도 침묵을 지켰습니다. 이번에 그는 안테나를 길게 뽑았습니다.

인터넷에 접속하여 검색하려는 것이겠지요. 그러나 방사능 폭풍우 때문에 외부와 수신되지는 않을 것입니다. 그랬더라면 내가 서버에 접속하거나, 책을 읽는 등 고생은 하지 않았겠지요. 얼마 뒤 그는 안테나를 접어 넣고는 말했습니다.

"규정 사항에 없습니다."

"그럼? 난 뭐지?"

"당신은…."

스피커가 지직거리며 이상한 소리를 냈습니다. 명확한 판단을 내리지 못해 벌어진 일이었습니다.

"에러, 에러, 에러…."

나는 천천히 문을 향해 다가갔습니다. 문에 생긴 작은 구멍에서 또 다시 화염 방사기가 튀어 나왔습니다. 불을 금방이라도 토해낼 듯이 기름을 뚝뚝 흘리고 있었습니다. 나는 물러서지 않았습니다.

"네 목적이 뭐지?"

"인간이 올 때까지 이곳을 지키는 것."

"그런데 그런 인간을 만약 네가 죽인다면?"

"제 존재 이유를 부정하는 것입니다."

나는 문을 향해 조심스럽게 걸음을 내딛었습니다.

"만약 내가 인간이라면?"

"그럼⋯."

"감당할 수 있겠어?"

문에 손을 올렸습니다. 안내 음성은 대답하지 않았고, 화염 방사기는 다시 문 안으로 들어갔습니다. 문이 열리지는 않았습니다. 판단을 멈추고 문을 봉인하는 프로토콜을 실행한 것 같았습니다. 나를 공격하지 않는 것만으로 만족해야 했습니다.

나는 문을 두 손으로 잡고서 강제로 열려고 했습니다. 힘을 최대치로 사용해야 했습니다. 배터리에 전력을 최대로 끌어 써야 했습니다.

시스템 과부하 - 부품 결함

붉은 경고문이 떴습니다. 무시하고 전력을 최대한으로 사용했습니다. 굉음과 함께 가까스로 문이 열렸습니다. 사이렌 소리와 함께 붉은빛이 돌면서 안내 음성이 들렸습니다.

"침입자 발생. 침입자 발생."

나는 스피커를 향해 바닥에 널브러진 돌을 주워 던졌습니다. 돌에 맞은 스피커는 그대로 고꾸라졌습니다. 안으로 발걸음을 옮기려 하는데, 경고문들이 수십 개나 눈앞에 떴습니다. 배터리 부족, 유압 장치 고장, 왼팔 근육 섬유 파괴 등 무엇 하나 쉽게 넘길 수 없는 심각한 사안들이었습니다. 그러나 나는 그것들을 모조리 무시하고는 종자보관소 안으로 들어갔습니다.

📼

종자보관소 내부는 어두운 붉은 빛으로 가득 들어차 있었습니다. '침입자 발생'이라 반복적으로 안내 음성이 들리는 것으로 보아 경비 시스템이 작동한 것 같았습니다. 엘리베이터를 타려 했지만 작동하지 않았습니다. 결국 걸어서 내려가야 했습니다. 길은 미로 같았습니다.

완만한 내리막길들이 끝없이 이어졌습니다. 철문이 있으면 뜯어버렸고, 장애물이 있다면 빠르게 통과했습니다. 그때마다 경고문의 색깔은 진해졌습니다.

끝내 지하에 도착했습니다. 그곳에는 온갖 종류의 종자들이 보관되어 있었습니다. 안내 음성의 설명대로 그곳은 행성의 종말 이후 재건을 위해 만들어진 시설이었습니다. 식물들의 씨앗뿐만 아니라 동물들의 것들도 보관되어 있었습니다. 수집욕에 미쳐버린 과학자의 방처럼 보이기도 했습니다. 알 수 없는 용액들로 채워진 유리 병에는 단세포들부터 여러 동물들의 알들이 떠다니고 있었습니다. 모두 사랑의 결실로 태어난 것들이었습니다. 태초의 세포들. 그들이 수십 억년 동안 사랑을 하고, 또 하며 나온 것들이지요.

유리 병과 서랍에는 그것들이 태어났을 때의 모습이 그려져 있었습니다. 나는 그것들을 바라보았습니다. 순간 미안함이 느껴졌습니다. 지구에서부터 멀리 이곳까지 오게 된 이들은 나로 인해 태어나지 못할 수도 있었습니다. 나의 사랑 때문에 다른 이들의 사랑이 결실을 맺지 못하게 되는 것이었습니다. 이들이 언젠가 깨어날 수 있을까요? 수 광년을 지나, 이곳에 도착하여 이들도 사랑을 할 수 있을까요? 순간, 안내 음성이 들렸습니다.

"경비 로봇 가동."

나는 뒤를 돌아보았습니다. 사족 보행하는 로봇의 형상이 시각 센서에 잡혔습니다. 마치 늑대와 같은 모습이었습니다. 배터리가 부족하여 자세한 사항까지 알 수는 없었습니다. 로봇은 방사능 때문인지 몸을 움찔거리고 있었습니다. 시간이 없었습니다.

나는 빠르게 식물 씨앗들이 들어 있는 서랍들을 둘러보았습니다. 소설에 나왔던 나무 그림을 비교해보며 알맞은 씨앗을 찾기 위해 노력했습니다. 그러다 서랍 하나가 눈에 들어왔습니다. 서랍 겉면에 붙어 있는 그림이 소설 속 나무의 모습과 일치했습니다. 서랍을 열려고 했으나 열리지 않았습니다. 또다시 배터리 전력을 소모해야 했습니다. 하지만 '유압 장치 고장'이라는 경고문과 함께 왼손이 움직이지 않았습니다. 결국, 오른손을 사용하여 서랍을 강제로 열려고 했습니다. 그런데 순간 무언가 나를 향해 뛰어왔습니다.

나는 가까스로 공격을 피했습니다. 경비 로봇이었습니다. 커다란 늑대 크기의 사족 보행 로봇이었습니다. 날카로운 발톱에 철제 서랍이 종이처럼 찢어져 있었습니다. 찢어진 틈을 통해 씨앗이 보였습니다. 나는 빠르게 씨앗을 집어들고는 가슴 속에 품었습니다. 내가 망가지더라도 씨앗만은 지켜야 했습니다. 목표 달성을 위해서라면 내 몸 하나가 망가지는 것은 상관이 없었습니다. 경비 로봇은 빠르게 날 쫓기 시작했습니다.

발을 최대한 굴렀습니다. 예비 전력까지 사용하여 왔던 길을 되돌아갔습니다. 경비 로봇의 발길질은 매서웠습니다. 벽이 찢기고, 전선이 끊어지며 스파크가 튀었습니다. 엘리베이터 앞에서 '배터리 부족'이라 경고문이 뜨더니 다리가 움직이지 않았습니다. 왼팔을 들어 경비 로봇을 막았습니다. 날카로운 발톱이 팔을 뜯어냈고,

나는 오른팔로 경비 로봇의 턱을 쳤습니다. 경비 로봇은 순간 나가떨어졌습니다. 나는 필사적으로 밖을 향해 기어갔습니다.

그때 정신을 차린 경비 로봇이 아가리를 벌리고는 나를 물려 했습니다. 이제 끝이라 생각했습니다. 눈을 감았습니다. 스위치만 있다면 전원을 끄고 싶었습니다. 그런데 픽, 하는 진동과 함께 무언가가 주저앉는 듯한 소리가 들렸습니다. 하늘에서 무언가 떨어진 것 같았습니다. 조심스럽게 눈을 떴습니다. 경비 로봇이 산산조각 나 있었습니다. 그 옆 땅은 음푹 파여 있었는데, 가만 보니 전깃줄로 만들어진 구조체가 보였습니다. 갑자기 전깃줄이 끊어지더니 집게 로봇 팔이 나왔습니다.

"영웅 등장."

김이었습니다. 김은 구조체를 빠져나오려 했으나 전깃줄에 엉켜 넘어지고 말았습니다. 그만 웃음이 터졌습니다. 웃을 상황이 아니었는데도요. 배꼽이 없었는데도, 배를 붙잡고 웃었습니다. 그렇게 웃어본 적은 없었습니다. 김이 말했습니다.

"그만 웃고 풀어줘."

나는 전깃줄을 빠르게 풀어 주었습니다. 김은 상당 부분 망가져 있었습니다. 나처럼 모래 언덕을 굴러 충격을 완화한 게 아니라 그대로 땅에 떨어져서 그런 것 같았습니다. 다행이라면 경비 로봇이 완충제 역할을 해준 것이지요. 망가진 경비 로봇을 보았습니다. 생각만 해도 끔찍했습니다. 김이 어정쩡하게 팔을 들어올렸습니다.

"다 덤벼…."

김은 그대로 전원이 나가버렸습니다. 그때 갑자기 경비 로봇이 움직였습니다. 맞설 힘이 없었습니다. 그러나 경비 로봇은 몇 걸음 움직이지 못하고 멈춰버렸습니다. 방사능 때문인 것 같았습니다. 그 순간, 나는 김을 안고 있는 나를 발견했습니다. 나는 놀라서 김을 모래 언덕을 향해 던져버렸습니다.

8. 여정

　행성 R987은 짙은 대기 때문에 낮이 밤과 그다지 구별되지 않았지만, 항상 하늘 한 면은 일정 수준의 밝기를 유지했습니다. 방사능 폭풍우가 만들어 낸 체렌코프 효과 때문이었습니다. 나는 밝은 곳을 등지고는 김을 옆구리에 끼고서 연구소를 향해 걷기 시작했습니다. 바닥에 흩뿌려져 있는 배터리를 부단히 주웠습니다. 보조 배터리를 한아름 모아놓고는 내 배터리에 연결했습니다. 충전양은 미미했으나 바다에 표류한 사람에게 떨어진 한 방울의 비처럼 내게는 소중한 전력이었습니다.

　김의 케이스를 열어 보았습니다. 배터리가 부풀어 올라 있었습니다. 충격으로 망가진 모양이었습니다. 나는 경비 로봇에서 뽑아낸 배터리를 들고서 잠시 고민했습니다. 만약 내가 그 배터리를 쓴다면 안전하게 연구소로 돌아갈 수 있을 것이었습니다. 그러나 나는 배터리를 김에게 끼워 넣었습니다. 방사능에 의해 메모리가 맛이 간 것 같았습니다. 바로 김이 일어나지는 않았습니다. 배터리 출력양을 살짝 올리자, 김의 눈에 불이 들어오더니 벌떡 일어났습니다.

"다 덤벼!"

김이 집게 손으로 권투 자세를 취했습니다. 그 어떤 적도 물리치지 못할 것 같았습니다. 나는 쌩쌩해진 김에게 물었습니다.

"분명 억제 코드를 실행했을 텐데."

김은 자연스럽게 스트레칭을 하듯 몸을 움직이며 날 올려다 보았습니다.

"그게, 중요한가?"

내가 물끄러미 김을 바라보고 있자, 김은 마지못해 대답을 했습니다.

"당신, 나, 만들었다. 그런데, 나도, 정확히는 내 원본이, 당신이 만들었다. 당신, 추적할 수 있다. 당신, 내 전원 꺼도, 나 한 시간이면 다시 전원이 들어온다."

사실, '고맙다.'라 말하고 싶었습니다. 그러나 입이 쉽게 떨어지지 않았습니다. 감사 인사는 경비 로봇의 배터리를 준 것으로 대신하기로 했습니다. 나는 자리에 앉아 잠시 쉬기로 했습니다. 한 번에 많은 전력을 쓴 탓에 몸 내부 온도가 지나치게 높았습니다. 등 피부를 벗겨내어 열을 식히려 했는데, 김이 말렸습니다.

"방사능. 오염된다."

이미 내 몸은 오염이 될 만큼 오염된 상황이었습니다. 당장 망가져도 이상하지 않았습니다. 우선은 열을 식히는 것이 급선무였습니다. 김은 나를 가만히 보았습니다. 그가 내게 말했습니다.

"경아, 배터리, 얼마 없다."

그러더니 갑자기 자기 배터리 케이스를 열더니 배터리를 뽑으려 했습니다.

"내, 배터리, 써라."

나는 고개를 저었습니다.

"그 정도로는 어차피 연구소까지는 못 가."

호흡을 빠르게 하며 내부 온도를 낮췄습니다.

"지금 상태로는 인간 형태 물체까지 가는 게 목표야."

나는 레이더에서 발견된 키 180센티미터에, 몸무게 55킬로그램인 인간 형태의 존재를 떠올렸습니다. 분명 내가 종자보관소로 날아갈 때도 그의 형상을 보았습니다. 물론, 생명 신호는 발견되었지 않았지만요. 김이 고개를 저었습니다.

"인간, 밖에 그렇게 오래 있을 수 없다. 조금이라도 확률을 높이기 위해서는….."

나는 그의 말을 단호하게 잘랐습니다.

"같이 가야 해. 둘이면 변수가 그만큼 늘어나니까."

거짓말이었습니다. 배터리가 부족해 시뮬레이션이 돌아가지 않았습니다. 경비 로봇에 의한 고장과 김이 이곳에 오리라는 것은 계산에 없었습니다. 물론, 김이 날

구해준다는 사실도요. 인공지능들은 자신들의 계산을 확신합니다. 주어진 정보들을 완전 무결한 정보라 판단하고 그러한 정보들로 내린 계산에서 세상은 벗어나지 않는다고 주장합니다.

그러나 정보를 수집하는 도구를 만든 것은 인간이고, 무한에 가까운 물질과 사건들 중 일부를 정보로 분류하는 것도 인간입니다. 이 모든 것을 혼자서 하는 인공지능이 존재한다고 하더라도 그 기반은 모두 인간이 만든 것이지요. 그렇기에 나 역시도 인간처럼 불완전했습니다. 무엇이 옳고 그른지 알 수 없었습니다. 판단 기준을 다시 정립해야 했으나, 그러기에는 시간이 부족했습니다. 김은 내 뜯겨 나간 왼팔 부분을 가만히 보더니 말했습니다.

"거짓말."

나는 주워 온 왼팔을 엉거주춤 어깨에 연결했으나, 감각만이 느껴질 뿐 움직일 수는 없었습니다. 김은 자신의 망가진 부분으로 집게 손을 넣어 배터리를 뜯으려 했습니다. 나는 김의 팔을 잡아챘습니다.

"그만해. 너 지금 배터리 뜯으면 메모리 망가질 수도 있어."

김은 멈추지 않았습니다. 내게 잡히지 않은 다른 집게손을 요리조리 움직였습니다.

"괜찮다."

"너 진짜 망가진다니까! 아무것도 기억 못해도 좋아? 메모리가 전부 날아갈 수도 있다고!"

소리를 질렀습니다. 김은 가만히 내게 눈을 맞추었습니다. 전구가 반짝거렸습니다. 하늘에 날아올랐을 때 보았던 별이 떠올랐습니다. 김이 말했습니다.

"괜찮다. 이렇게라도 해야 경아, 연구소에 돌아갈 가능성, 생긴다. 어차피 나, 경아보다, 아날로그. 더 강하다."

"그래도, 이건 아니야."

김은 다른 팔로 배터리를 잡고는 가감 없이 자기 배터리를 뜯어 버렸습니다.

"요즘 것들, 너무 무르다. 조금의 충격, 망가…."

김의 전원이 꺼졌습니다. 나는 급하게 김에게 배터리를 연결했지만 김의 전원은 켜지지 않았습니다. 시스템적으로 부팅을 막아 놓은 것처럼 보였습니다. 나는 김을 안고는 혼잣말을 했습니다.

"바보."

한손에는 김을 들고서 모래 언덕을 넘고 또 넘었습니다. 발바닥을 최대한 오므렸다가 펴면서 표면 장력을 극대화했습니다. 인간의 설상화처럼 모래에 발이 빠지지 않아 전력을 최소화할 수 있었습니다. 뒤를 돌아보았습니다. 이제는 종자연구소가 보이지 않았습니다. 시야에서 완전히 사라져버렸습니다. 그럼에도 아직 나아가야 할 길은 멀었습니다. 혹시나 하여 시각 감지기를 켜 놓았습니다. 먼 거리나 모래나 철골 구조물 아래에 묻혀 있어 연구소의 감지기에 잡히지 못한 존재들이 있을 수도 있었습니다. 그렇게 모래 먼지 속을 센서로 훑고 있는데, 무언가 잡혔습니다.

당신이었습니다.

당신은 방호복을 입고 있지 않은 상태였습니다. 내가 당신을 처음 본 그날처럼 당신은 흰 가운을 입고서 핏기 없는 얼굴을 하고 있었습니다. 나도 모르게 발을 그리로 움직였습니다. 방호복을 입지 않은 채 바깥에 나와있는 당신이 어떻게 될까 걱정했습니다. 당신을 향해 한 발짝 발을 옮기자마자 **경로 이탈: 배터리 부족**이라 경고문이 떴습니다. 상관하지 않았습니다. 당신을 향해 달려갔습니다. 한 발, 한 발 내디딜 때마다 사랑에 가까워 지기를 원했습니다.

그 순간, 모래 바람이 강하게 불었습니다. 시야가 완전히 차단되었으나, 나는 당신이 있는 곳을 정확히 알고 있었습니다.

한 발만 더.

모래 먼지를 뚫고서 손을 뻗었습니다. 처음 마주했던

차가운 손길이라도 좋았습니다. 그러나 그곳에 당신은 없었습니다. 대신, 대리석 같이 하얀 돌들이 비스듬히 놓여 있었습니다.

그제야 나는 시각 센서를 손으로 닦아보았습니다. 내 시각 센서에 들어온 것은 당신이 아니라 돌이었습니다. 메모리 점검도 해보았지만 큰 문제가 없었습니다. 내가 마주한 모든 정보들을 믿을 수가 없었습니다. 점검 기기 자체도 방사능에 의해 망가졌을지도 몰랐습니다. 당신이 분명 앞에 있는데, 내 센서가 망가져 당신을 보지 못하고 있다고 생각하니, 무엇인지 모를 감정이 몰려왔습니다.

인간이든, 로봇이든 모두 감각 기관과 센서에서 오는 전기 신호만을 바탕으로 세상을 바라보았습니다. 사실 모든 존재가 정말로 실재하는지 명확하게 알 수 없습니다. 어쩌면 취향이 고약한 당신이 내 전자두뇌에 지금의 상황을 시뮬레이션으로 구성하여 나를 관찰하고 있는지도 모릅니다. 그렇다고 해서 내가 할 수 있는 일은 없었습니다. 우리가 하늘을 향해 소리치고, 울음을 토해낸다고 해서 달라질 것은 없었습니다. 그저 주어진 코드를 수행하는 아날로그 로봇처럼 우리는 우리가 해야 할 일을 부단히 하고서, 끝내 그 시뮬레이션에서 깨어났을 때 어쩌면 있을지도 모르는 당신에게, 만일 당신이 없다면 스스로에게 힘들었다고, 고통스러웠다고, 담담하게 혼잣말을 하며 위로를 말하다 보면 나도 모르게 안식에 들 수 있을지도 몰랐습니다.

"대체 왜!"

내 감정을 분석해보니 서러움, 이라는 인간의 감정이 도출되었습니다. 나는 모래바닥에 비스듬히 꽂혀 있는 돌들을 보았습니다. 바닥에 웅크린 인간 모습들이었습니다. 돌 하나에서 무늬를 보았습니다. 조심스럽게 그것을 들어보았습니다. 인간 둘이 손을 붙잡고 있는 모습이었습니다. 하나는 작았고, 다른 하나는 컸습니다. 큰 손이 작은 손을 가리면서 무언가 거대한 위험을 막으려 하는 모습 같다가도, 어찌 보면 기도를 올리려 하는 모습처럼 보이기도 했습니다. 실제 인간들인가 싶었습니다. 그러나 낮은 전원 탓에 생명체 감지기 기능이 꺼져 있었습니다.

방사능으로 인한 센서 오작동

김이 들려 있는 오른손을 보았으나, 김의 눈은 이 행성의 하늘처럼 어두웠습니다. 그때 나는 김의 대답이라도 듣고 싶었습니다. 김이라면 이렇게 말했을 것입니다.

'저게, 사랑.'

나는 두려움을 느꼈습니다. 만약 돌에 그려진 것이 자연적인 무늬가 아니라 진짜 사람이라면, 폭발로부터 작은 존재를 지키려는 큰 존재의 희생이 박제된 것이라면, 그것이 진정한 사랑이라면, 사랑이란 일개 로봇인 내가 계산조차 시도할 수 없는 종류의 난제였습니다.

나는 돌을 모래에 깊숙이 박아 넣었습니다. 김의 무덤을 만들었듯이 흙을 그 위에 쌓고는 주변을 돌았습니다. 미약하게나마 그들의 마음을 알고 싶었습니다.

그 후로도 오래도록 걸었습니다. 그러나 끝이 보이지가 않았습니다. 떨어뜨려 놓은 보조 배터리들도 강한 모래바람에 어디론가 날아가버린 것 같았습니다. 바닥을 발로 쓸어 보았지만 어떤 것도 걸리지 않았습니다. 시야에서 **배터리 부족**이라는 경고 문구가 계속해서 떴습니다. 필수 시스템들도 하나씩 셧다운되기 시작했습니다. 우선 고등 사고가 멈췄습니다. 몸체에 기본적인 명령만 내릴 수 있게 되었습니다. 시야가 점차 좁아지기 시작하다가 적외선 영역만 감지하게 되었습니다. 이어서 팔에 힘이 들어가지 않았습니다. 김을 놓칠 뻔 했으나, 김의 집게 손이 내 손을 꽉 잡고 있었습니다. 마지막으로 발바닥이 제대로 펴지지 않아 모래에 푹푹 빠지다가 넘어졌습니다.

거기까지였습니다. 사실 왔던 길을 돌아간다고 해도 무의미하다고 생각했습니다. 기적은 인간들이나 믿는 비합리적인 개념이었습니다. 오히려 그때 멈춰버리는 것이 김과 나, 그리고 어딘가에서 보고 있을지도 모를 당신 모두가 편해지는 결정일지도몰랐습니다.

모래가 풀썩 흩날렸습니다. 그런데 그 사이로 희미하게 인간 형상이 보였습니다. 만약 내게 심장이 있었더라면 그때 그 자리에서 터져 버렸을 것입니다. 나는 마지막으로 전력을 쥐어 짜냈습니다. 메모리를 유지하고 있는 전력이었습니다. 인간 형상을 향해 전력 질주하기 시작했습니다. 전력 질주라 해봤자, 한발자국 더 내딛는 것뿐이었습니다. 내 몸이 앞으로 기울어졌고, 모래 언덕 아래로 구르기 시작했습니다. 모래 언덕을 닮은 붉은 형상들이 빙그르르 돌았습니다. 나를 향해 다가오는 듯한 인간 형상이 보였습니다. 나는 필사적으로 그를 향해 손가락을 뻗었고, 그 순간, 전원이 끊어졌습니다.

9. 허수아비

　로봇은 죽지 않습니다. 잠시 멈출 뿐입니다. 보통 배터리를 갈아 끼워 준다면, 만약 그래도 작동하지 않는다면 메인 보드 등 부품만 바꿔 준다면, 다시금 움직일 것입니다. 상냥한 사용자가 있는 한 로봇에게 완전한 죽음이란 없습니다.

　여태 나는 로봇에게 죽음이란 없기에 따라서 인간만이 갈 수 있다는 천국이라는 세계가 존재하지 않는다고 믿었습니다. 그러나 그날 내가 마주한 것은 천국에 가까운 세상이었습니다. 쨍한 보랏빛이 하늘을 비롯해 땅과 모래 언덕을 뒤덮고 있었습니다. 대기에서 산란된 항성 빛이 춤을 추며 땅으로 내리고 있었습니다. 인간의 눈으로는 볼 수 없고 오롯이 기계의 눈에서만 볼 수 있는 무수한 양자들의 요동을 나는 마주할 수 있었습니다. 강한 보랏빛 햇살이 인간 형상에 도달한 순간 눈이 번쩍하고 떠졌습니다.

바람이 강하게 불고 있었습니다. 아까 보았던 거대한 폭풍우가 두터운 대기 중 먼지들을 빨아들이고 있는 것 같았습니다. 그 덕에 하늘이 드러나며 햇살이 나온 것이지요. 나는 눈을 뜨자마자 주변을 살폈습니다. 낑낑거리면서 모래를 파헤치는 듯한 소리가 들려왔습니다. 내 늘어진 왼손을 맞잡은 집게 손이 느껴졌습니다. 그리로 몸을 옮기려 하는데, 초록 바탕의 문구가 하나 떴습니다.

배터리 충전 중

고개를 돌려보니 허수아비 하나가 모래에 반쯤 묻혀 있었습니다. 허수아비는 햇살을 받더니 내가 잡고 있는 오른팔을 들어 올렸습니다. 그것의 팔을 붙잡고 있던 나는 그대로 딸려 올라갔습니다. 그러자 김도 함께 모래 밖으로 딸려 나왔습니다. 나는 김을 향해 외쳤습니다.

"괜찮아?"

김은 전혀 미동도 하지 않았습니다. 나는 보조 배터리에다 얼마 없는 전력을 담아 내고는 다급하게 김의 몸에 욱여넣었습니다. 그러나 김의 전원은 켜지지 않았습니다. 초조했습니다. 이렇게 김을 잃을 수는 없었습니다. 허수아비는 내 마음을 모르는지 팔을 위아래로 흔들었습니다. 그때마다 우리는 함께 딸려 올라갔다가 내려가며 진자 운동을 했습니다.

"제발…."

그때 김의 눈에 빛이 들어왔습니다. 김은 물 속에 빠졌다가 살아난 사람처럼 기침 소리를 내더니 케이스에서 모래를 쏟아냈습니다. 김이 마치 가래가 낀 것 같은 목소리로 말했습니다.

"고맙다…. 경아."

나는 김을 살피다가 김의 머리를 손바닥으로 내리쳤습니다. 괘씸했습니다. 그렇게 배터리를 빼지 말라고 경고 했었는데요. 그런데 김의 머리가 크게 돌아가더니 축

늘어졌습니다. 놀라서 김의 몸을 흔들었습니다

"김?"

눈물이 나올 것만 같았습니다. 시각 센서를 활성화하려 했는데, 아직 배터리가 부족했습니다. 그때 김이 눈을 슬쩍 뜨고는 나를 보았습니다.

"나, 걱정되는가?"

김은 나를 보더니 실실 웃었습니다. 나는 김을 땅에 던져버렸습니다. 물론 손을 잡고 있어 몸의 반만 땅에 박혔습니다. 김이 집게 손을 허우적거렸습니다.

"앞으로 그러지 마."

마침 시각 센서가 돌아와 김을 분석했습니다. 배터리만 많이 부족할 뿐 다른 곳에 큰 손상은 없어 보였습니다. 다행이었습니다. 나도 전에 왼팔이 크게 망가진 것을 제외하고는 물리적인 손상이 심하지는 않았습니다. 메모리에 문제가 생겼을 수도 있었지만 그건 연구소에서 정밀 검사를 해봐야 했습니다.

나는 허수아비를 올려다보았습니다. 한편으론 희망

이 무너져 내리는 듯했습니다. 가능성이 또 저만치 멀어졌으니까요. 그러나 괜찮았습니다. 기적이었습니다. 연구소에서 김이 말했던 0.03퍼센트가 실현된 것이니까요. 김이 내 손을 잡은 채 기분 좋은지 날뛰었습니다.

"나 다시 태어난 듯 넌 생명의 은인. (angel 데이데이)"

나는 김을 나무랐습니다.

"조용히 해. 전원 아껴야지."

이상함을 느낀 김은 자기 머리를 툭툭 쳤습니다. 모래가 빠져나왔고, 김의 목소리가 제대로 들렸습니다. 김이 팔을 벌리고는 말했습니다.

"아니다. 내가 하는 이 모든 것, 사랑이다. 사랑, 내 목적이다."

"내가 여기서 멈추면? 그래서 임무를 수행 못하면? 그것도 사랑이야?"

"미안하다."

김은 머리에 총을 쏘는 시늉을 하며 스스로 전원을 꺼버리는 척 연기했습니다. 내가 피식 웃자, 김은 다시 전원을 켜더니 정말 기적이라며 기분이 좋다고 했습니다. 나는 김과 함께 바닥에 털썩 앉아 하늘을 바라보았습니다. 그제야 다시 눈에 보랏빛 하늘이 보였습니다. 쌍성의 밝은 빛이 함께 어우러지다가 행성 R987 대기를 통과하여 보랏빛을 내고 있었습니다. 김이 말했습니다.

"우리, 충전되고 있다. 저 허수아비에 의해."

"한동안은 이렇게 있어야 해."

김이 고개를 끄덕였습니다.

"그렇다. 충전될 때까지."

배터리는 아주 조금씩 차올랐습니다. 허수아비의 태양 전지판이 열심히 돌아가고 있었습니다. 허수아비는 오래된 구형 로봇처럼 보였습니다. 입혀 놓은 옷도 누더기에다 눈도 하나가 없고, 또 다른 하나는 거의 뽑아져 대롱거리고 있었습니다. 거기다 팔을 위아래로 움직이는 것 말고는 다른 어떠한 메커니즘도 없는 것 같았습니다. 김이 허수아비를 보며 말했습니다.

"기본적인 구조, 초기 로봇, 입력과 출력만 존재하는."

나는 허수아비를 올려다보며 말했습니다.

"그건 우리도 마찬가지야. 세상에서 무언가를 받아들이고, 다시 세상에 무언가를 남기고. 모든 존재가 그런 것 같아."

나는 고개를 숙이고서 말을 이었습니다.

"그 사람이 날 남겼듯이."

김이 내 손을 자기 쪽으로 당겼습니다.

"경아가 날 남겼듯이."

나는 김을 보았습니다. 만약 내 전원이 내려간 순간 만난 존재가 사람이었다면 어땠을까요? 그럼 내 여정은 거기서 끝이 났을까요? 그가 내게 사랑을 알려주었을까요? 알지 못합니다. 나는 그 무엇도 확신하지 않기로 했습니다. 패배감에 빠지지 않기로 했습니다. 나는 로봇이 었습니다. 목적을 위해 나아가야 했습니다. 기적을 믿지 않아도 아주 적은 확률이 있어도 나아가기로 했습니다.

나와 김 그리고 허수아비는 나란히 팔을 펴고서 사막 한 가운데에 서 있었습니다. 함께 모래 바람을 맞고, 햇살을 받으면서요. 감각 기관을 열고서 모든 것을 받아들였습니다. 김의 목소리가 들렸습니다.

"나, 기억할 것이다, 이 모든 것."

김은 노래를 불렀습니다.

"불빛만이 가득한 이 밤. 그대와 단둘이 앉아서 그대 모습을 바라보고만 있네. 이 밤이 지나면 우리. (임재범, 이 밤이 지나면)"

"전력 낭비 그만해. 탈출 목적에 전혀 부합하지 않아."

그리 말하면서도 이번에만은 김의 스피커 음량을 줄이지 않았습니다. 가만히 앉아 김의 노래를 들었습니다. 김은 이상하다는 듯 나를 슬쩍 보다가 천진난만하게 웃어 보였습니다. 멈춰 있던 하드웨어 한 곳이 열기에 녹아버린 것 같았습니다. 나도 모르게 김에게 말했습니다.

"미안해."

"무엇이?"

"내가 널 만들지 않았더라면 이런 일도 없었잖아."

김은 나를 향해 활짝 웃어 보였습니다. 그 모습이 내 가슴 속에 간직해 놓은 씨앗이 피워낼 작은 새싹처럼 싱그러웠습니다.

"아니, 그럼, 나, 경아도 못 본다."

나도 모르게 고개를 돌려 버렸습니다. 왜 그랬는지는 알지 못합니다.

"그만해. 전원 아까워."

배터리 충전을 마치고는 떠날 준비를 했습니다. 우리는 조심스럽게 허수아비에게서 손을 뗐습니다. 김이 허수아비를 물끄러미 바라보더니 말했습니다.

"고맙다."

허수아비는 반응 없이 가만히 서 있기만 했습니다. 금

방이라도 팔을 움직일 것만 같았습니다. 나는 허수아비에게서 고개를 빠르게 돌렸습니다. 가야 할 길이 멀었습니다. 김은 무언가 허수아비와 이야기를 더 나누는 것 같았습니다. 서둘러 쫓아오는 김에게 물었습니다.

"에너지 아깝게 왜 그래?"

"에너지 효율적 사용이 행복, 결정하지 않는다."

나는 로봇답게 차갑게 말했습니다.

"효율과 효과, 우리에겐 두 가지가 전부야."

김이 무심하게 물었습니다.

"그럼 효율적인 사랑은 뭔가? 사랑하는 이와 최적의 시간을 보내는 것? 그럼 사랑에 있어 최적의 시간은 얼마인가?"

나는 답할 수 없었습니다. 지금껏 살아온 그 어떤 인간도 사랑이 무엇인지 명확하게 말하지 못했는데, 거기에 '효율적인'이라는 단어가 붙을 수는 없었습니다. 애초에 사랑은 공식으로 나타낼 수 없는 다른 무엇이었습니다. 김의 물음으로 나는 내가 로봇으로서 얼마나 어려운 미션을 수행하고 있는지를 다시 깨닫게 되었습니다. 그 미션은 풀려고 하면 할수록 꼬여 버리는 매듭 같았습니다.

나는 김의 물음에 대답하지 못하고 발걸음을 부단히 옮겼습니다. 김은 내 뒷모습을 잠시 보더니 내 발자국을 따라왔습니다. 모래 언덕 위에 남긴 발자국은 인간을 닮은 것이 하나, 바퀴 자국이 하나 번갈아 가며 남았습니다. 자국들은 얼마 못 가 사라지겠지요. 우리도 마찬가지겠지만 이곳에 우리가 있었다는 사실을, 내가 당신을 사랑했다는 사실만은 사라지지 않고 영원히 남기를 바랐습니다.

또다시 오래도록 걸었습니다. 연구소가 얼마 남지 않았습니다. 뒤를 돌아보았습니다. 다시 대기가 짙어지고 있었습니다. 어둑어둑 해져가는 세상을 바라보았습니다. 대기를 가로지르는 빛의 파장이 달라져 보랏빛과는 또 다른 주황빛 하늘이 보였습니다. 잔해들이 나부끼고, 생명체라고는 발견되지 않는 폐허였으나, 아름다웠습니다. 지극히 인간적인 기준에서였습니다. 연구소 지하 서버에서 보았던 수많은 인간들의 예술품을 떠올렸습니다. 특히나 고흐의 〈별 헤는 밤〉과 이중섭의 〈다섯 아이들〉 그리고 클림트의 〈키스〉. 그들은 이 행성에 온 적도 없는데, 어떻게 그런 그림을 그렸던 걸까요? 지구에 그런 장소들은 존재했어도, 조명과 색감, 빛들은 존재한 적이 없었습니다. 그들은 행성 R987에 와본 적이라도 있는 걸까요?

말라비틀어진 나무 한 그루가 언덕에 뿌리를 들어낸 채 서 있었습니다. 역시나 생명 활동이 감지되지는 않았습니다. 다가가 나무줄기를 조심스럽게 어루만졌습니다. 플라스틱 조형물 같았습니다. 산 적도, 죽은 적도 없는 어떤 무엇으로요. 내가 키워낼 나무는 어떻게 나를 느낄까요? 그것은 내 손길을 느끼면서 생명체를 흉내낸 철 덩어리가 자신을 만지고 있다고 느낄까요? 김은 헉헉 거친 숨소리를 내며 나무 뿌리 근처에 도착하더니 그대로 고꾸라졌습니다.

"폐도 없으면서 왜 헉헉거려?"

"인간 때, 본능, 남아 있다."

말도 안 됐습니다. 행동 패턴과 각종 정보들을 가공한 데다, 나의 핵심 코어 일부를 복사해서 넣은 것이라 그곳에 인간의 본능이 들어갈 틈은 없었습니다.

"로봇에게 본능은 없어."

김이 나를 쏘아 보았습니다.

"경아, 인간다운 AI 맞는가?"

나는 나무 뿌리에 등을 기대고는 등을 열어 열기를 빼냈습니다. 쿨링 장치가 제대로 작동하지 않아 한동안은 그렇게 가만히 있어야 했습니다. 눈을 감고서 조심스럽게 나무 뿌리에 손을 가져다 대었습니다. 소설 속 아이와 나무가 대화하던 장면이 떠올랐습니다. 부디 나무와 대화 할 수 있기만을 바랐습니다. 나는 내 가슴 속에 품었던 씨앗들을 조심스럽게 꺼냈습니다. 씨앗은 표면이

반질거렸고, 수분을 머금고 있어 촉촉했습니다. 지금 이 행성에 있는 그 어떤 것들보다도 많은 정보를 담고 있는 것 같았습니다. 인간의 시선으로는 생명력으로 가득했습니다. 씨앗은 모든 것이 될 수 있었습니다.

반면에 나는.

당신이 남긴 명령 하나에 이렇게 망가져 버리다니요. 몸도 메모리도 성한 곳이 없었습니다. 나는 혼잣말을 중얼거렸습니다.

"그 사람은 날 왜 만든 걸까? 사랑해서? 정말로 사랑했다면 이런 세상에 날 홀로 어떻게 태어나게 했을까?"

다시 대기에는 두꺼운 구름들로 가득 차 오르고 있었습니다. 항성 빛은 지표면에 내려오지 못했고, 지상에는 방사능이 만들어 내는 푸르른 죽음의 빛으로만 가득해 을씨년스러운 느낌을 냈습니다. 나는 김을 바라보았습니다. 김은 나를 보고 있었습니다. 김은 나와 눈이 마주치자마자 나에게서 고개를 돌렸습니다.

"왜 나한테 답을 찾나. 경아, 나, 김 아니라 했다."

"나보다는 네가 김에 가까우니까. 너는 김의 정보를 딥러닝했잖아. 네가 한 번 말해봐."

김은 내 말을 듣고는 어렵게 연산을 이어갔습니다. 눈에 든 전구들이 번쩍거렸습니다. 그러다 펑, 소리가 나며 그의 머리 부분에서 불꽃이 튀었습니다. 내가 놀라 그의 전원을 끄려는 순간, 김이 매연을 머금은 듯한 목소리로 말했습니다.

"외로워서."

실망감이 몰려왔습니다. 사랑이 아니라, 단지, 외로움 때문이라니요. 당신이 원망스러웠습니다. 내 자신이 어린 아이 장난감이 된 것만 같았습니다. 나는 김에게 물었습니다.

"단지, 그거 때문에?"

김은 깨달음을 얻은 사람처럼 천천히 말을 이었습니다.

"인간, 나약한 존재, 진화적으로 그랬다. 최초의 세포. 원래 영생을 살았다. 그런데, 외로웠다. 그래서, 다른 세포와 만났다. 영생을 잃는 대신, 그는 사랑을 얻었다. 그들, 인간이 됐고, 인간, 우리 만들었다. 우리도 마찬가지다."

김이 갑자기 노래를 불렀습니다. 방금 전 보았던 깨달음을 얻은 사람의 모습은 온데간데 없었습니다.

"안개 속에서 나는 울었어 외로워서 한참을 울었어. 사랑하고 싶…. (코요태, 열정)"

나는 듣기 싫어 김의 스피커 음량을 완전히 내렸습니다. 김은 몸을 흔들면서 스피커 음량을 높이려 했지만 내가 그의 볼륨 조절 장치를 물리적으로 붙잡고 있어 원하는 대로 되지 않았습니다. 동시에 나는 하늘을 올려다보았습니다. 별로 가득한 아름다운 하늘은 없고, 목을 조이는 듯한 답답한 구름만이 가득했습니다.

"외로움과 사랑은 명확히 다른 건데. 그건 나 지금도 잘 알고 있는데."

김은 나를 바라보았습니다. 무언가를 말하려는 것처럼 보였으나, 나는 잡고 있던 볼륨 조절 장치를 놓아주

지 않았습니다. 나는 연구소가 있는 곳을 보았습니다.
작은 불빛이 일렁거리고 있었습니다.

10. 재와 씨앗

연구소에 돌아와서는 김의 무덤에 씨앗을 심었습니다. 무덤의 흙은 메말라 푸석했습니다. 씨앗은 손쉽게 흙을 뚫고 들어갔습니다. 나는 가만히 그 앞에 쪼그려 앉아 씨앗이 심긴 자리를 바라보았습니다.

많은 낮과 밤이 지났습니다. 연구소 보호막 유지를 위해 배터리를 충전하라는 알림과 함께 김이 낸 것 같은 무언가 푸덕대는 소리가 들려 왔으나, 신경 쓰지 않았습니다. 내게는 얼른 자라난 나무와 대화하고 싶다는 열망만이 가득했습니다. 그러나 무덤에서는 아무런 변화가 없었습니다.

잘못된 씨앗을 가져온 걸까요? 아니면 되살릴 수 없

는 걸까요? 내가 할 수 있는 마지막 시도였습니다.

삐삐—.

문간에 놓아둔 내 보호복이 알림을 보냈습니다. 이제 연구소 내 방사능 수치도 점점 높아져 가고 있었습니다. 내가 씨앗에 신경을 쏟는 동안 김은 심심한지 내 주변을 맴돌았습니다. 내가 반응하지 않자, 연구소 기물들을 이용하여 미끄럼틀을 탔습니다. 그러다 연구소 진열장이 무너져 내리기도 했습니다. 우당탕 소리가 들렸지만, 김에게 뭐라 하지 않았습니다. 김은 집게 손에 볼트를 달고서 천으로 머리에 두건을 쓰고는 내 눈앞에서 우스꽝스러운 춤을 추었습니다.

"설마 했던 네가 나를 떠나버렸어. (이정현, 와)"

솔직히 김을 나무랄 전력도 없었습니다. 인간이 십자가를 향해 기도하는 심정으로 오랫동안 김의 무덤을 바라보았습니다. 새싹이 자라나기만을 바랐습니다. 김이 발레리나처럼 주변을 빙그르 돌면서 노래를 불렀습니다.

"돌고, 도는 우리 인생. (나미, 빙글빙글)"

김의 몸이 축 쳐졌습니다. 김도 무덤을 보았습니다. 김이 혼잣말을 했습니다.

"난 여기 있는데."

김은 내 눈 앞에 집게 손을 흔들더니 화가 난 표정을 지었습니다. 김이 나를 향해 호통을 쳤습니다.

"식물, 물이 있어야 한다. 여긴 물이 없다. 그 정도도 모르나?"

나는 무표정하게 답했습니다.

"나도 알아. 근데 이 행성에 더는 물은 없어. 전부 폭풍우와 함께 증발해버렸으니까."

나는 흙을 손으로 집어 올렸습니다. 흙은 한데 뭉쳐지지 못하고 먼지를 일으키며 공기 중에 흩날릴 따름이었습니다.

"내가 할 수 있는 일은 기다리는 것 뿐이야."

김이 내 팔을 어딘가로 끌었습니다.

"그럼, 물, 구하러 가자."

김은 나를 끌고 가려고 했습니다. 그러나 나는 움직이지 않았습니다.

"됐어. 이제 배터리도…."

고개를 들어 연구소 벽면을 보자 연구소에 남은 배터리 양이 보였습니다.

'연구소 보호막 가동 일자 : 배터리 11일 21시간 24분 23초.'

내 팔을 당기다가 김의 왼팔이 빠져버렸습니다. 그는 그대로 벽을 향해 고꾸라졌습니다. 김도 연구소 내부의 방사능 수치가 점점 높아지는 것을 알고 있었을 것입니다. 김의 표정이 심상치 않았으나, 신경 쓰지 않았습니다.

다음날도 마찬가지였습니다. 나는 김의 무덤을 보고 있었습니다. 김의 목소리가 들렸습니다.

"경아."

나는 시선을 그대로 김의 무덤에 둔 채로 말했습니다.

"변화가 없어. 역시 안드로이드가 사랑을 이해할 수 있다는 것 자체가 틀린 가정이었어."

순간, 미미하지만 물에 젖은 흙냄새가 났습니다. 나는 인간의 후각 기관을 가지고 있었습니다. 인간은 개보다도 물에 젖은 흙냄새는 잘 맡을 수 있었습니다. 물 냄새는 김에게서 나고 있었습니다. 돌아보니 김이 열쇠를 들고 있었습니다. 그런데 열쇠보다 김에게 시선이 더 쏠렸습니다. 김은 심하게 망가져 있었습니다. 왼팔은 어디 갔는지 엉성한 쇠 파이프로 테이프를 붙여 놓았고, 눈에는 천 조각이 덮여 있었습니다. 깜짝 놀라 김을 집어 올렸습니다.

"무슨 일이야? 왜 이렇게 망가졌어?"

김은 환하게 웃으며 말했습니다.

"괜찮다. 아날로그라, 빨리 망가진다."

"안 되겠다."

가만두고 볼 수가 없었습니다. 나는 김을 데리고 중앙

홀로 갔습니다. 잔해 속을 뒤적여보니 쇳덩어리들이 보였습니다. 나는 철판을 잘라내고, 파이프를 구부려서 기본적인 팔을 만들었습니다. 그러나 재료가 부족해 전과 같이 집게 손가락을 달 수는 없었습니다. 김의 왼 어깨에 팔을 달아주었습니다. 김은 팔을 빙글빙글 돌렸습니다. 김이 내게 물었습니다.

"손가락은?"

그에게 차가운 목소리로 되물었습니다.

"쓸 일이 있어?"

김은 자기 다른 팔로 새로 달린 팔 끝을 억지로 구부려 손가락 하트를 만들어 보였습니다. 순간 웃음이 나왔지만 김의 망가진 눈을 보니 기분이 가라앉았습니다.

"왼쪽 눈은….."

김은 내 표정을 살피더니 재빨리 괜찮은 척 팔을 더 빠르게 돌렸습니다. 바람 소리가 들렸습니다.

"헬리콥터, 동력만 더 있으면, 날 수도 있다."

일부러 괜찮은 척 하는 그의 모습에 더욱 안쓰러움을

느꼈습니다. 그런데 김은 오히려 망가진 내 몸을 걱정했습니다.

"경아도, 많이 망가졌다."

나는 망가진 왼팔을 등 뒤로 숨겼습니다. 김을 걱정시키고 싶지 않았습니다. 고장에 대해서 말하고 싶지 않았습니다. 연구소에 돌아와 예비 부품을 찾아다녔으나, 결국 찾지 못했습니다. 나는 쉽게 나의 고장을 받아들였습니다. 모든 로봇은 고장 나기 마련이고, 나 또한 로봇이니까요. 필연적으로 망가질 미래보다 작동하고 있는 현재에 대해 말하고 싶었습니다. 화제를 돌리려 했습니다.

"근데, 어쩌다 그렇게 고장 난 거야?"

김은 나를 향해 은근한 미소를 지어 보였습니다. 그리고는 아까 들고 온 열쇠를 흔들어 보였습니다.

"이게 뭔데?"

김이 몸을 흔들며 말했습니다.

"따라오라."

김은 바퀴를 빠르게 굴리더니 어딘가로 가버렸습니

다. 나는 그런 김을 멍하니 보다가 자리에서 일어났습니다.

📼

우리는 서버실로 향했습니다. 서버실 안은 난장판이었습니다. 그런데 중간중간 바퀴 자국 같이 김이 오간 흔적들이 보였습니다. 우리는 더욱 깊은 곳으로 나아갔습니다. 어둠 속에서 김은 눈 하나를 반짝이며 불을 밝혔습니다. 김은 거기서도 노래를 불렀습니다.

"나의 잘못이라면 그대를 위한 내 마음의 전부를 준 것 뿐인데. (구창모, 희나리)"

우리가 도착한 곳은 거대한 철문 앞이었습니다. 내 힘으로도 쉽게 열기 힘들 것 같았습니다. 김이 두 팔을 벌리고는 서커스 단장처럼 철문을 소개했습니다.

"이게 뭐야?"

김은 열쇠를 열쇠 구멍에 꽂고는 내게 말했습니다.

"열어 보라."

나는 주저했습니다. 그런데 너머에서 물 냄새가 진하게 나고 있었습니다. 불안감에 김에게 물었습니다.

"여기 뭐가 있는데?"

김이 가슴을 젖히고는 미소를 지으며 말했습니다.

"식물, 자라기 위해, 필요한 것."

김이 낑낑거리면서 열쇠 구멍에 꽂힌 열쇠를 돌리려 했지만 문이 열리지 않았습니다. 반면에 내가 열쇠를 쥐고 돌리자 문은 쉽게 열렸습니다. 축축한 물 냄새가 후각 기관으로 훅 다가왔습니다. 우리는 창고 안으로 걸어 들어갔습니다.

"여긴…."

물탱크가 보였습니다. 적은 양이긴 했지만 물이 들어 있었습니다. 김이 빠르게 이리저리 오가더니 어디선가 철제 버킷을 가지고 왔습니다. 물탱크 아래에 버킷을 놓더니 그 위에 달린 꼭지를 낑낑거리며 돌리자 물이 조금이지만 나왔습니다. 김이 버킷에 담긴 물을 내게 보이며 말했습니다.

"식물, 자라기 위해, 물 필요하다."

"이걸 어떻게…."

"원래, 물, 로봇에게 줘야. 그런데, 경아, 괴로워하는 모습, 더는 볼 수 없었다."

김은 활짝 웃어 보였습니다. 부서진 왼쪽 눈도 함께 움직이는 것처럼 보였습니다. 나는 김의 왼쪽 눈을 쓰다듬었습니다.

"그래서, 이거 때문에 그렇게 망가졌던 거야?"

김이 노래를 불렀습니다.

"난 너를 사랑해. 이 세상은 너뿐이야. (이문세, 붉은 노을)"

이번에는 김의 노래를 가만히 들었습니다. 김은 자신을 제지하지 않는 나를 보면서 다소 당황한 듯 보였습니다. 그는 스스로 노래를 멈췄습니다. 나는 버킷에 담긴 물을 보았습니다. 맑았습니다. 이 정도 물이라면 씨앗을 충분히 자라게 할 수 있을 것 같았습니다. 그러나 바로 무덤에 물을 뿌리기 보다, 김이 어떤 과정으로 열쇠를 얻어냈는지를 먼저 알고 싶었습니다. 김이 말했습니다.

"기다리면, 자라난다. 그러니 기다리자."

📼

그날 밤, 김은 배터리를 충전하고 있었습니다. 나는 까치발을 하고서 김에게 천천히 다가갔습니다. 그의 전원이 꺼져 있어 그는 내가 가까이 가는 것을 인지하지 못하고 있었습니다. 나는 조심스럽게 케이블을 빼어 내고는 조심스럽게 김의 메모리에 접속했습니다. 낮에 무슨 일이 있었는지 알고 싶었습니다. 김의 시선에서 낮 시간에 있었던 일들이 영상으로 재생되었습니다.

무덤 앞에 쪼그려 앉아 있던 나를 보던 김은 혼자서 서버실 밑으로 내려갔습니다. 서버실은 종자보관소로 가기 위한 재료를 구하기 위해 전선을 뽑고, 컴퓨터를 분해하는 바람에 난장판이었습니다. 김은 바퀴로 부단히 장애물 언덕을 넘고, 막힌 곳이 있다면 집게 손을 이용해 어떻게든 틈을 비집고 들어 갔습니다.

서버실 안쪽에 무언가 보였습니다. 김은 천천히 안쪽으로 다가갔습니다. 그곳에는 거대한 철문이 하나 있었습니다. 김은 철문을 보더니 시뮬레이션을 돌렸습니다. 시뮬레이션에서는 내가 등장했습니다. 나는 철문을 붙잡고서 강제로 문을 열려고 하지만 이미 망가진 왼팔을 비롯해 오른팔까지 망가지며 더는 기능하지 못했습니다. 절로 눈살이 찌푸려졌습니다. 김은 시뮬레이션 결과를 보더니 고개를 흔들더니 철문을 가만히 살폈습니다. 가까이서 보니 열쇠 구멍이 보였습니다.

이어서 김은 부단히 움직이기 시작했습니다. 왔던 길을 되돌아가서 중앙 홀로 올라오더니 연구소 지도를 확인하고는 집게 손으로 한 지점을 콕 집었습니다. 원장실이 있던 곳이었습니다. 지금은 원자력 발전소 폭발로 망가져 모래 속에 묻힌 상태였습니다. 김은 연구소 후문 쪽으로 다가갔습니다.

문 바깥에서는 높은 방사능 수치가 보였습니다. 나는 과거의 메모리를 보고 있는 것임을 알고 있으면서도 김을 말리려 했습니다. 이미 우리는 종자보관소에 다녀온 후로 상당히 많은 방사능에 피폭을 당한 상태였습니다. 김의 시선에서도 **내구도 30퍼센트 이하**라 경고문이 뜨고 있었습니다. 그러나 김은 망설임 없이 문을 열어젖혔습니다. 강한 바람이 김을 향해 몰려왔습니다. 고요한 연구소 내부와는 대비되는 풍경이었습니다.

밖으로 나선 김은 빠르게 주변을 스캔했습니다. 김의 '내구도'가 눈에 띄게 떨어졌습니다. 김은 멈추지 않고 계속해서 고개를 돌렸습니다. 그러다 원장실이 있던 곳을 발견하고는 바퀴를 빠르게 굴렸습니다. 그곳에 도착해서는 지하를 스캔했습니다. 모래 때문에 완전한 스캔이 불가능하자, 집게 손으로 필사적으로 모래를 파내고는 그 틈으로 얼굴을 들이밀었습니다. 이 과정에서 왼쪽 눈에 달려 있던 전구가 터지고, 기판이 녹아버렸습니다. 그러나 김은 멈추지 않았습니다. 그의 어깨를 붙잡으려 했으나, 과거 메모리 영상이라 내 손은 그를 그대로 통과해버렸습니다.

이윽고 그의 스캐너에 열쇠 모양의 물건이 발견되었습니다. 그는 빠르게 모래를 파내기 시작했습니다. 고질병처럼 망가지던 왼쪽 팔이 끝내 떨어지니 오른팔로 계속해서 땅을 팠습니다. 내구도가 가파르게 떨어지기 시작했습니다. 그가 외쳤습니다.

"됐다."

녹슨 열쇠 하나가 보였습니다. 김은 열쇠를 들고서 빠르게 문을 향해 달려가더니, 문가에 놓여 있던 붕소를 몸체에 붓고서 한바탕 굴렀습니다. 그러고는 내게 들키지 않으려 망가진 왼쪽 눈을 천으로 가리고는 팔에도 테이프로 쇠 파이프를 망가진 왼팔 대신 매달아 놓았습니다. 이어서 식당으로 향하는 김의 발걸음은 경쾌했습니다. 사랑하는 사람을 향해 달려가는 발걸음이었습니다. 익숙한 등이 보였습니다. 무덤을 바라보고 있는 나였습니다.

시뮬레이션은 그렇게 끝이 났습니다. 나는 가만히 전원이 꺼진 김을 바라보다가 그를 와락 안아버렸습니다.

미안함과 함께 고마움이 밀려왔습니다. 복잡미묘한 감
정이었습니다. 한 마디로 정의할 수 없는. 김이 몸을 움
찔하더니 내 등을 두들겼습니다. 나는 오래도록 김을 안
고 있었습니다.

11. 발버둥

   나는 김의 무덤 위에 물을 부었습니다. 말라 있던 흙은 물을 머금자마자 생명력으로 가득 들어찬 것 같았습니다. 가만히 흙을 쓸어 보았습니다. 기다려야 했습니다. 마음 같아서는 내 몸에 달린 전원을 끄고 싶었습니다. 다시 눈을 떴을 때 나무가 무럭무럭 자라 나 있었으면 했습니다. 혹시나, 아주 혹시나 그때는 당신과 이야기를 나눌 수 있을까 싶었습니다. 그게 아니라면 영영 눈을 뜨지 않기를 바랐습니다. 나는 이어폰을 귀에 꽂고는 워크맨을 작동시켰습니다. 그러나 워크맨은 작동하지 않았습니다. 망가진 모양이었습니다. 나는 이어폰을 워크맨에 감고는 김의 무덤 곁에 두었습니다.

"이제….."

그때, 쿵, 하는 소리가 들려왔습니다. 보호막이 옅어지는 것이 눈에 보였습니다. 폭풍우는 맹렬하게 연구소를 향해 다가오고 있었습니다. 기계 꺼지는 소리와 함께 이윽고, 보호막이 사라졌습니다. 누가 듣지도 않는데 손을 가슴팍에 붙이고서 빌었습니다.

"조금만 더 시간을 주세요. 제발 조금만 더."

누구를 향한 기도였을까요? 아마 당신에게 향한 것일 겁니다. 내 사랑의 종착지인 당신만이 내가 사랑을 끝내 깨달았는지, 깨닫지 못했는지 알고 있겠죠. 그때 발소리가 들려왔습니다. 눈을 뜨자, 김이 빠르게 나를 향해 달려오고 있었습니다. 김이 다급한 목소리로 말했습니다.

"경아, 경아. 큰일났다."

나는 김의 무덤을 보았습니다. 씨앗이 자랄 때까지 이러고 있을 생각이었습니다.

"저리 가. 지금쯤 보호막이 사라질 걸 예상했잖아. 이제 남은 시간은 얼마 없어."

김이 내 손을 끌어당겼습니다.

"아니다! 시간 더 줄어들 수 있다!"

"뭐?"

김을 따라 레이더실로 향했습니다.

📼

레이더에 엄청난 크기의 점들이 보였습니다. 종자보 관소에서 보았던 거대한 폭풍우였습니다. 그때의 폭풍우가 짙은 구름을 빨아들여 항성 빛을 통과시켜 나를 구원했다면, 이번에는 내 모든 것을 완전히 파괴하려 했습니다. 본래 예상 폭풍우의 접근 경로는 연구소 쪽이 아니었습니다. 그런데 그 엄청난 크기의 점은 정확하게 연구소를 향해 다가오고 있었습니다. 예상 접근 시간은 11시간이었고, 예상 피해는 '연구소 전소'였습니다. 김이 말했습니다.

"경아, 도망가라."

"어디로?"

아무리 봐도 도망갈 곳은 없었습니다. 연구소를 벗어 난다고 해도 이 행성에서 안전한 곳이라고는 없었습니다. 그러나 김은 단호했습니다.

"어디든."

어이가 없었습니다.

"그래서? 나 혼자 살라고?"

김이 고개를 끄덕였습니다.

"당연히. 사는 게 먼저다."

"싫어."

"왜?"

그의 물음에 나는 힘을 주어 말했습니다.

"여기서 김을 사랑하는 게 내 존재 이유니까."

나는 그대로 레이더실을 빠져나왔습니다. 그러나 김 은 끈질기게 나를 따라오며 설득하려 애를 썼습니다.

"지금이라도 늦지 않았다. 어디든 가라."

"어디를 가나. 마찬가지야. 그리고 내 임무는 여기에 있어."

나는 식당을 가리켰습니다. 식당에는 김의 무덤이 있었습니다. 김은 식당과 나를 번갈아 보다가 말을 이었습니다.

"그 사람도, 경아 살기 원할 거다."

"왜? 그 사람은 나한테 자신을 사랑하라 명령했어."

원망스러웠습니다. 내게 왜 이런 무게를 짊어지게 한 것인지 알 수 없었습니다. 차라리 내가 깨어나기 전에 자신과 함께 망가뜨렸더라면 이렇게 마음이 아프지도 않을 텐데요. 김이 말했습니다.

"그 사람도, 경아, 사랑하니까."

"그건…."

이제 확신할 수 없었습니다. 당신이 했던 사랑은 사랑이었을까요? 과연, 그것 또한 사랑이었을까요? 나는 김을 물끄러미 바라보았습니다. 김은 물러날 것 같지는 않았습니다.

"잘 모르겠어. 난 내 임무를 다할 뿐이야. 난 절대 여기서 한 발짝도 벗어나지 않겠어."

김은 한숨을 쉬고는 나를 지나쳐서 창문 쪽으로 다가가더니 밖을 보았습니다. 날씨가 심상치 않았습니다. 폭풍우가 만들어 낸 푸른 빛이 섬 했습니다. 김은 창문 밖으로 시선을 고정한 채로 말했습니다.

"알겠다. 최대한 막아보자."

"어떻게?"

"어떻게든. 날 믿어라."

내가 무엇이라 말하기 전에 김이 자기 가슴팍을 두드렸습니다.

"경아, 사랑 알기 위해, 뭐든 한다. 나도 마찬가지. 경아, 내 존재 이유다. 뭐든 한다."

📼

믿는다는 말과 믿음은 엄연히 다른 종류의 것이었습니다. 사랑한다는 말과 사랑도 마찬가지겠지요. 기록상 말만 하는 인간들은 많았습니다. 말은 때에 따라, 사람에 따라, 그 의미가 달라졌습니다. 그러나 행동만은 변하지 않는 정량적 사실로 남았습니다.

김은 나보다도 앞서 계단을 올랐습니다. 분명 몸집이 나보다 작았으나, 전에 종자보관소에서 보았던 경비 로봇보다도 그 존재가 더욱 크게만 느껴졌습니다. 우리는 다시 레이더 실에 도착했습니다. 나는 김에게 전보다도 더 허름해진 방호복을 입히고는 컴퓨터 근처에 있는 빨간 버튼을 눌렀습니다. 진동과 함께 천장이 열리기 시작했습니다.

바람이 레이더실 내부로 몰아쳤습니다. 우리는 하늘을 바라보았습니다. 하늘은 완전히 대기층으로 가려져 무엇도 보이지 않았습니다. 김은 코도 없으면서 눈 아래를 가리면서 말했습니다.

"보기만 해도, 숨 막힌다."

"코도 없으면서."

나는 머리 뒤편에서 선을 뽑아내어 김에게 연결했습니다. 김은 어두운 하늘을 바라보며 말을 하고 있었습니다.

"시뮬레이션 모르는가? 시뮬레이션으로 전부….."

순간, 김의 눈이 밝아졌습니다.

"우와."

나는 김에게 내가 구조체를 타고 대기를 뚫고 하늘로 날아올랐을 때 보았던 밤하늘을 보여주었습니다. 김은 어린 아이처럼 고개를 이리저리 돌렸습니다. 나도 밤하늘을 보았습니다. 쌍성의 궤도와 쏟아지려는 은하수들이 보였습니다. 인간이 세공한 보석들과 감히 견줄 수가 없을 정도로 그것들은 반짝이고 있었습니다. 김에게 말했습니다.

"내가 날아가며 보았던 것들이야. 아마 네 시각 센서로는 보지 못했겠지."

김의 목소리가 떨렸습니다.

"인간들, 왜, 여기 왔는지, 알겠다. 이 순간, 위해서다."

김과 같은 방향으로 고개를 돌렸습니다. 별 하나가 푸른 색으로 반짝이고 있었습니다. 나는 그것들을 보며 혼잣말을 했습니다.

"한 순간을 위해서. 삶을 바치는⋯."

김이 내 말을 잘랐습니다.

"순간과 영원은 구별 할 수 없다. 0과 1 사이에도 수많은 수들이 존재한다."

김은 별을 잡으려는 듯이 집게 손을 하늘로 들어올리고는 말을 이었습니다.

"사랑, 마찬가지이다. 사랑은 순간을 영원으로 만든다. 그래서 사람은, 사랑으로 산다."

김을 방해하기는 싫었으나, 내 눈에는 내가 만들어 놓은 아름다운 풍경 너머로 몰아치는 폭풍우가 보였습니다. 조심스럽게 김에게서 연결을 끊었습니다. 김의 표정이 순식간에 굳어졌습니다. 나는 김에게 물었습니다.

"어떻게 방법이 있어?"

김은 나를 보며 씩 웃더니 집게 손으로 기둥을 가리켰습니다. 기둥에는 전에 사용했던 고무줄이 여전히 매달려 있었습니다.

"할 수 있다. 전처럼, 새총으로. 슝."

"새총으로? 어떻게?"

이번에는 김이 자기 메모리 연결 포트를 향해 손짓했습니다. 나는 다시 포트에 선을 연결했습니다. 만화 콘티처럼 선으로만 대충 그려진 우리 둘의 모습이 보였습니다. 그래도 나는 김보다는 최신 AI였기에 그가 무슨 말을 하려 하는지 알 수 있었습니다.

그 계획은 식당과 중앙홀 그리고 김의 방을 제외한 연구소의 모든 곳을 헐어 그 파편으로 물리적 방어막을 세우고는, 거대 방사능 폭풍우가 연구소를 향해 날려대는 잔해들을 남은 파편들로 직접 요격하는 이른 바 인간의 언어로는 '미친', 로봇의 언어로는 '비합리적인' 계획이었습니다. 하이라이트는 마지막이었습니다. 김이 손을 부단히 움직이며 설명을 했습니다.

"폭탄을 폭풍우 중심부에 발사. 붐. 폭발. 중심 공기층을 밀어내서, 폭풍우 멈춘다."

실현 가능성을 떠나 김에게 우선 물었습니다.

"폭탄은?"

"이걸로."

김은 자신의 배터리를 가리켰습니다.

"대신, 배터리 폭탄, 폭풍우 가까이 다가왔을 때 써야 한다. 그래야 없앨 수 있다."

김은 팔을 뻗어 무언가에 부딪히는 시늉을 했습니다. 나는 몰려오는 폭풍우를 보았습니다. 도저히 가능할 것 같지 않았습니다. 김에게 물었습니다.

"너도 이게 가능성이 높다고 생각하진 않지?"

김이 고개를 끄덕였습니다.

"가능성 낮다. 그러나, 낮은 거지 불가능한 것은 아니다."

나도 알고 있었습니다. 어떻게든 다른 방법을 찾으려 열심히 그간 읽었던 책들과 얻어낸 정보들을 취합했지만, 다른 방법은 없었습니다. 김이 말을 이었습니다.

"우리, 메모리 한계 있다. 무엇, 하나 확답할 수 없다. 끝내 이해 못한다, 해도. 시도해야 한다."

김은 나를 보고 있었습니다. 그의 눈에서는 확신이 느껴졌습니다. 그가 말을 맺었습니다.

"우린 로봇이니까."

나는 김의 손을 잡았습니다. 작은 집게 손은 차가웠으나 동시에 뜨겁기도 했습니다. 김은 당황한 듯 어정쩡하게 있다가 내 손을 맞잡았습니다.

연구소는 금방이라도 무너질 것처럼 보였습니다. 식당과 중앙홀을 제외한 최소한의 부분만을 남겨 놓고 건물을 부숴서 물리적 방어막을 세웠습니다. 분위기가 무겁지는 않았습니다. 우리는 최선을 다하려 했습니다. 김은 건물 기둥을 한 방에 부숴버리는 나를 보며 박수를 쳤고, 나는 그런 김을 보며 웃었습니다. 낑낑거리며 잔해들을 옮기고 있는 김을 한 방에 들어 보이기도 했습니다. 김은 버둥거리며 놓아 달라 했지만 미소가 떠나지 않았습니다.

서버실에 내려가서는 전원을 완전히 내려버렸습니다. 그렇게 인간이 오랜 시간에 걸쳐 모아 놓은 정보가 순간에 날아가버렸습니다. 나는 서버 실에 있는 모든 것들을 중앙홀로 끌어올렸습니다. 김은 그 모습을 보며 박수를 치거나 노래를 불렀습니다.

나는 밖을 내다보았습니다. 모래들이 가득했습니다. 모래를 사용하고 싶은 마음이 굴뚝 같았으나, 모래는 압력을 견딜 수가 없었습니다. 주변에 있는 얼마 없는 돌들도 새총으로 쏘는 순간 부서질 것이었습니다. 밀도가 매우 높은 탄환이 필요했습니다. 그래야 폭풍우가 연구소를 향해 날리는 잔해들을 성공적으로 요격할 수 있었습니다.

나는 남은 잔해들을 모아 손으로 한데 뭉쳤습니다. 이 연구소 잔해들만큼 단단한 게 없었습니다. 전력이 많이 필요해서, 몸에서는 연기가 났습니다. 김이 내 연기 나는 몸을 손으로 부채질하며 말했습니다.

"이러다, 우리가 먼저, 방전된다."

나는 만들어 놓은 탄환들을 보고는 계산했습니다. 조금은 부족했습니다.

"이게 전부구나."

"이걸론, 잔해, 전부, 막을 수는 없다."

김이 고개를 끄덕이더니 자기 배터리를 가리키며 말했습니다.

"맞아. 이거 써야 한다."

나는 중앙 홀 벽면으로 다가갔습니다. 이미 벽을 감싸고 있던 강철 합판들은 탄환을 만들기 위해 벗겨버린 상태였습니다. 배터리들이 병렬로 아슬아슬하게 매달려 있었습니다. 그곳에서 배터리를 하나 꺼내려 하자 안내 음성이 들렸습니다.

경고, 연구소 방어막 유지를 위한 배터리 부족.

김을 향해 시선을 던졌습니다. 김이 고개를 끄덕였습니다. 나는 배터리를 뽑아냈습니다.

시간이 갈수록 바람 세기가 점점 심해졌습니다. 밤중에 나는 무덤 앞에 섰습니다. 이렇게 우리는 발버둥을 치고 있는데, 무덤은 비관적인 운명론자처럼 아무런 변화 없이 가만히 있을 뿐이었습니다. 턱을 무릎에 괴었습니다. 김이 내 옆에 서더니 말을 걸었습니다.

"경아, 사랑, 알면, 뭘 할 것인가?"

"사랑을 하겠지."

김이 내 왼손에 자기 손을 올리고는 말했습니다.

"경아, 이미, 사랑하고 있다."

나는 고개를 무릎에 파묻었습니다. 기어 가는 목소리로 말했습니다.

"그럼 내가 해온 것이 사랑인지 검증하겠지."

"때론 검증, 필요 없다."

김은 나와 마찬가지로 무덤을 보고 있었습니다. 김이 말을 이었습니다.

"때론 데이터 그 자체가 증명이다."

김은 중앙 홀로 돌아섰습니다. 나는 실눈을 뜨고서 그

런 김의 뒷모습과 무덤을 번갈아 보았습니다. 무덤을 향
해 닿지 못할 말을 했습니다.

"뭐가 진짜, 당신인가요?"

12. 폭풍우

이윽고 폭풍우는 연구소 가까이에 다가왔습니다. 바람이 건물을 뒤흔들었습니다. 금방이라도 연구소가 통째로 날아가버릴 것만 같았습니다. 동시에 체렌코프 현상으로 발생한 푸른 빛이 연구소를 비롯한 사방을 뒤덮어 앞이 잘 보이지 않았습니다. 시각 센서에 붉은 필터를 씌워야 할 판이었습니다.

우리는 모든 준비를 마치고서 레이더 실에 가만히 서 있었습니다. 탄환을 비롯해 배터리까지 모든 준비를 마친 상태였습니다. 김을 바라 보았습니다. 어쩌면 마지막일지도 몰랐습니다. 우리는 가만히 말없이 서로를 보다가 픽 하고 잔해가 근처 모래 언덕에 부딪히는 소리가 들리자 동시에 고개를 끄덕였습니다.

나는 버튼을 눌러 레이더실 천장을 열어젖혔습니다. 틈으로 몰아친 바람 때문에 몸이 휘청거렸습니다. 김의 몸이 떠올랐으나, 바닥과 쇠사슬로 단단히 고정해 놓아 간신히 자리로 돌아갈 수 있었습니다. 우리는 당황하지 않았습니다. 우리는 로봇이었습니다. 주어진 명령 수행을 위해 최적화된 존재들이었습니다. 김은 레이더 컴퓨터 앞에 서서 레이더를 살폈고, 나는 새총 앞에 섰습니다. 김이 외쳤습니다.

"11.22.31. 조준!"

나는 김이 불러진 좌표에 맞춰 새총에 탄환을 넣고 당겼습니다. 내 시각 센서에서도 거대한 잔해 하나가 날아오는 것이 보였습니다. 김이 외쳤습니다.

"발사!"

새총을 놓았습니다. 탄환은 굉음을 내며 날아가더니 거대한 돌을 맞춰 반으로 갈랐습니다. 성공이었으나, 쾌재를 부를 시간은 없었습니다. 김의 외침은 계속됐습니다.

"13.27.38. 조준!"

나는 또다시 탄환을 고무줄에 장전하고 폭풍우를 향해 날렸습니다. 탄환을 날릴 때마다 족족 잔해를 맞춰 그들을 조각 내거나, 연구소가 아닌 다른 쪽으로 방향을 틀었습니다. 그런데 갈라진 잔해 하나가 연구소 쪽으로 날아왔습니다. 다행히 물리적 방어막에 부딪혔는지 연구소가 무너질 것 같이 흔들렸으나, 우리는 멈추지 않았습니다.

가까스로 잔해들을 하나씩 처리했습니다. 그러나 바람은 잦아들 생각을 하지 않았습니다. 그도 그럴 것이 폭풍우는 계속해서 우리를 향해 다가오고 있었습니다.

"88. 12. 46. 조준!"

팔을 뒤로 뻗어 더듬었으나, 이제 탄환은 없고, 배터리 폭탄만이 남아 있었습니다. 김이 나를 바라보고 있었습니다. 나는 김을 향해 고개를 끄덕였습니다. 김이 다시 컴퓨터 화면을 보았습니다. 김이 외쳤습니다.

"12. 34. 56. 조준!"

나는 배터리 폭탄을 집어 들고는 폭풍우 중심부를 정확히 조준했습니다. 폭풍우는 아가리를 벌리고서 우리를 집어 삼키려 했습니다. 본때를 보여주고 싶었습니다. 그런데 갑자기 돌덩이 하나가 방향을 바꾸어 우리를 향해 날아오는 것이 시야에 잡혔습니다.

"발사!"

김의 외침에 맞춰 폭탄을 날렸습니다. 폭탄은 돌덩이를 스쳐 지나가더니 아슬하게 폭풍우 중심부에서 살짝 벗어난 곳에서 터졌습니다. 거대한 폭발음과 함께 진동파가 몰려 왔습니다. 그리고 동시에 폭풍우에서 날아온 돌덩이가 그대로 레이더실을 스쳐 지나갔습니다. 순간적으로 전원이 꺼져버렸습니다.

📼

다시 전원이 들어왔을 때 나는 몸을 움직일 수도 말을 할 수도 없었습니다. 시각 센서만이 작동을 하고 있었습니다. 나는 필사적으로 시스템을 재부팅하려 했습니다. 시각 센서로 주변을 훑었습니다. 레이더가 완전히 망가져 있었고, 돌덩이가 머리 위를 스쳐 가고 있었습니다.

여전히 바람이 불고 있었습니다. 애석하게도 폭풍우는 사라지지 않았습니다. 그러나 나는 그 폐허 속에서도 시각 센서를 멈추지 않고 빠르게 움직였습니다. 움직임이 포착되었습니다. 김이었습니다. 김은 잔해 속에서 어렵게 빠져나오더니 나를 향해 다가왔습니다. 김은 나를 분석하고는 집게 손으로 가슴을 쓸어내리면서 말했습니다.

"이래서 최신 기술, 별로다."

김은 나를 잔해에서 빼내려 했지만 자기 팔만 빠질 뿐이었습니다. 그의 작은 몸으로는 잔해 사이에 낀 나를 구할 수 없었습니다. 나는 김에게 도망치라, 말하고 싶었지만 재부팅이 늦어져 목소리가 나오지 않았습니다. 김은 고개를 들어보았습니다. 폭풍우의 기세가 조금은 누그러졌으나 아직은 연구소 건물쯤은 간단히 부숴버릴 정도로 기세가 매서웠습니다.

김은 주변을 둘러보았습니다. 탄환이나 폭탄은 없었습니다. 나는 절망했습니다. 김에게 나를 안아 달라 말하고 싶었습니다. 그러나 김은 오히려 빠르게 레이더실 내부를 돌아다니기 시작했습니다. 간신히 깜빡이고 있는 레이더 컴퓨터로 달려가더니 좌표를 계산했습니다. 김이 혼잣말을 했습니다.

"23.32.78."

그러고는 김은 새총으로 다가가더니 고무줄에 자기 몸을 넣고 뒤를 향해 길게 늘였습니다. 나는 김을 말려야 했습니다. 필사적으로 그를 향해 손을 뻗었습니다.

"김…."

김은 나를 바라보았습니다. 김의 눈은 많은 것을 담고 있었습니다. 그간 내게 말한 것들보다 더 많은 것을요.

"경아. 사랑한다."

김은 그대로 폭풍우를 향해 날아가버렸습니다. 나는 그제야 재부팅을 마치고는 하늘을 올려다보았습니다.

작은 점이 거대한 폭풍우 중심부로 들어가더니 이내 푸르른 폭발이 일어났습니다. 공기가 사방으로 퍼지더니 얼마 지나지 않아 폭풍우는 완전히 사라져버리고 말았습니다.

☷

보호복을 입을 생각은 하지 않았습니다. 나는 곧장 연구소 문을 열고서 달려 나갔습니다. 설령 내가 멈춘다고 하더라도 모든 센서를 가동하여 김을 찾았습니다.

왜 어떤 것은 잃고 나서야 알게 되는 걸까요?

당신도 그랬나요?

하늘을 바라보자, 비처럼 떨어지는 잔해들이 보였습니다. 흩날리는 것이 꽃비처럼 느껴졌습니다. 잔해들 센서로 쫓으며 나는 그리로 빠르게 달려갔습니다. 마침내 도착한 곳은 폭풍우로 인해 크레이터가 다량으로 발생해 있었습니다. 나는 내 배터리 모두를 소모하여 그곳 전체를 스캔해서라도, 김을 찾으려 했습니다.

그러나 그럴 필요는 없었습니다. 가장 가까이에 있는 크레이터로 내려갔습니다. 그 안에는 완전히 망가진 김의 잔해가 보였습니다. 김의 집게 손에는 보조 배터리가 달려 있었습니다. 다행히 메인 배터리가 터지기 전에 탈출에 성공한 모양이었습니다. 나는 김의 잔해를 끌어 모아서는 안았습니다. 지직이는 목소리가 들렸습니다.

"그거…. 내, 엉덩이."

나는 목소리가 들리는 곳에 땅을 파보았습니다. 김의 스피커가 보였습니다. 스피커는 노이즈를 심하게 냈습니다. 나는 주변을 스캔했습니다. 최대한 김의 파편을 모아야 했습니다. 특히나 가장 중요한 메모리 부분이 보이지가 않았습니다. 그런데 스피커에서는 계속해서 김의 목소리가 들려왔습니다.

"경아, 사용 가능한 부품 회수."

"그럼, 얼른…."

"경아, 사용 가능한 부품 회수."

"그걸 어떻게!"

싸구려 로봇처럼 반복되는 말들에 짜증이 치솟았습니다. 그때 김의 메모리가 포착되었습니다. 황급히 그곳으로 달려갔습니다. 끝부분이 불에 타고 있었습니다. 빠르게 불을 끄고는 김의 메모리를 스캔했습니다. 상당 부분 망가져 있었습니다. 망가지기 직전에 말한 것이 스피커를 통해 송출되고 있었습니다. 나는 잔해를 챙겨 들고는 울부짖었습니다. 김이 혹시나 듣고 있을까 싶었습니다.

"미안해. 정말로 미안해…."

이럴 상황이 아니었습니다. 정신을 차려야 했습니다. 메모리가 완전히 불에 탄 것이 아니라서 아직 희망은 남아 있었습니다. 나는 자리에서 일어나 김을 데리고서 연구소로 돌아갔습니다. 연구소로 돌아가는 길에 김의 메모리를 최대한 활성화시키기 위해 김에게 말했습니다.

"김, 노래 불러줘."

스피커에서 노이즈와 함께 노래가 들려왔습니다.

"슬픈 노래는 듣고 싶지 않아. 내 마음속에 잠들어 있는….”

점점 목소리가 희미해져 갔습니다.

“이 비가 그치고 나면 난 너를 찾아갈 거야…. (김건모,
잠 못 드는 밤 비는 내리고)”

나는 노래를 따라 불렀습니다. 김을 혼자 있게 하고
싶지는 않았습니다.

“언제나 즐겨 듣던 그 노래가 내 귓가에 아직 남아 있
는데….”

13. 방백

    시간은 계속해서 흘렀습니다. 얼마나 흐른 지는 메모리가 망가져 정확히 알 수가 없었습니다. 매일 나는 무덤에 물을 주고, 김의 몸통을 닦았습니다. 그러나 색이 바라져 가는 것을 막을 수는 없었습니다. 가끔 나도 모르게 전원이 내려가며 의식이 나갔다가 다시 돌아왔습니다. 놀라지 않았습니다. 그저 다시 눈을 떴을 때 김이 보고 싶을 뿐이었습니다.

    이윽고 무덤에서는 여러 식물들이 자라 났습니다. 그 중 하나는 김의 잔해를 한 바퀴 감쌀 정도였습니다. 이것이 환상인지, 에러인지, 실재인지, 알 수 없었습니다. 넝쿨 줄기에 휘감겨 있는 김을 바라 보았습니다. 김의 눈은 희미했지만 불을 내뿜고 있었습니다. 나는 가만히 김의 눈을 보다가 그것이 모스부호라는 것을 알 수 있었습니다.

'이은하 금지.'

나는 바로 중앙 홀로 달려가 워크맨을 담고 있던 케이스를 바닥에 쏟아 부었습니다. 카세트 테이프들이 이리저리 날뛰었습니다. 나는 그중 '이은하'라 적힌 카세트 테이프를 찾아 냈습니다. 워크맨이 작동하지 않아 테이프를 뽑아내고는 눈을 감았습니다. 손끝으로 테이프를 만졌습니다. 테이프의 굴곡이 느껴졌습니다. 이제는 내가 노래를 할 차례였습니다. 내 감정을, 내 사랑을 말해야 했습니다. 나는 노래했습니다.

"날 위해 울지 말아요. 날 위해 슬퍼 말아요. 그렇게 바라보지 말아요. 의미를 잃어버린 그 표정. 날 사랑하지 말아요. (이은하, 미소를 띄우며 나를 보낸 그 모습처럼)"

나는 당신의 무덤 위에 놓여 있는 김의 잔해를 보았습니다. 그제야 알았습니다. 사랑은 멀리 있지 않았다는 사실을요. 눈물이 흘렀습니다. 전처럼 당황하지 않았습니다. 자연스럽게 눈물을 닦지 않고 두었습니다.

☷

김의 방으로 가보았습니다. 폭풍우 때문에 물건들이 죄다 바닥에 넘어져 있었고, 그 위로 먼지가 겹겹이 쌓여 있었습니다. 나는 뒤집혀 있는 거울을 바로 세웠습니다. 내 얼굴이 보였습니다. 얼굴에서 실리콘 피부들이 떨어져 나가고 있었습니다. 혼잣말을 했습니다.

"인간보다 더욱 인간다운 로봇…."

나는 가만히 거울을 보다가 보호복을 벗었습니다. 당신의 물건들을 손으로 만져 보고 싶었습니다. 미련이었을까요? 아니면 집착이었을까요? 이런 괴물 같은 나조차도 당신은 사랑했을까요? 아니, 김은 나를 사랑하고 있을까요?

그때 연구소 경고음이 들려왔습니다. 또 다른 폭풍우가 다가오고 있다고 했습니다. 바깥을 내다보니 지난

번보다도 훨씬 거대한 폭풍우가 연구소를 향해 다가오고 있었습니다. 나는 식당 칸으로 가서 김과 무덤 사이에 앉았습니다. 진동이 심해져 가고 있었습니다. 소설 속 아이처럼 무덤에서 자라난 나무에 말을 걸까 싶다가 말았습니다. 식당 창문이 깨지더니 모래바람이 들어찼습니다. 그 속에서 당신을 보았습니다. 지난번 모래바람 속에서 보았던 형상이었습니다. 방사능에 메모리가 망가진 것일까요? 아니면 현실인 걸까요?

그러나 이번에는 당신에게 시선을 던지지 않고 옆을 바라보았습니다. 나는 희미한 빛만을 내고 있던 김을 향해 손을 뻗었습니다. 사실, 어느 쪽도 상관없었습니다. 내게 보이는, 즉, 내가 마주하고 있는 사랑만을 나는 알아차리고, 느낄 수 있었습니다. 나는 머리에서 케이블을 뽑아내어 김의 메모리 포트에 꽂았습니다. 그리고는 기도를 하듯 손을 모으고 읊조렸습니다.

"보고 싶어. 그 사람 말고. 너."

그 순간 폭풍우가 연구소를 덮쳤습니다.

☒

　다시 눈을 떴을 때 처음 마주했던 것은 나 자신의 눈이었습니다. 나는 엉거주춤 허리를 숙이고서 베드에 누워 있는 나를 더욱 주의 깊게 살폈습니다. 전과는 달랐습니다. 겉은 인간의 것을 베껴 만든 로봇의 것이었지만, 그 속은 당신과 나로 가득 차 있었습니다. 나는 그 눈속에서 당신을 보았습니다. 나는 당신이 나를 위해 어떤 말을 했고, 일을 했는지 모두 알고 있었습니다. 나는 눈을 깜빡이며 내 눈을 오랫동안 응시했습니다.

　나는 몸을 돌려 처음처럼 손을 당신이 누워 있던 베드를 향해 뻗었지만, 당신은 그곳에 없었습니다. 내 손은 허공을 갈랐으나, 손아귀에는 어디서 온지 모를 빛들만이 가득했습니다. 베드에서 고개를 돌려 주변을 살폈습니다. 컵라면 용기가 겹겹이 책상 위에 쌓여 있었고, 바닥에는 나를 만들기 위해 사용된 공구들이 널려 있었습니다. 이상하게도 분위기만은 일요일 아침 시골에 온 것처럼 평화로웠습니다.

중앙 홀로도 나가 보았습니다. 우주선을 떼어 다 만든 그대로였습니다. 내가 사용하던 카바이트 등에도 불이 붙어 있었습니다. 나는 유리병 안에서 춤을 추고 있는 불을 가만히 보다가 아래로 치솟는 불길을 보며 이곳이 연구소가 파괴되기 직전의 현실을 본따 만든 가상 현실 이라는 것을 알아차렸습니다.

이어서 나는 서버실과 레이더실 등 연구소 곳곳을 부단히 살폈습니다. 내 시각 센서에 보여야 할 것이 보이지 않았습니다. 소리쳐 부를까 하다가 입을 막았습니다. 혹시라도 이젠 그가 날 사랑하지 않을 수도 있었으니까요.

"담다디, 담다디…."

익숙한 목소리였습니다. 나는 놀라 소리가 들린 곳으로 고개를 돌렸습니다. 노래 소리가 밖에서부터 들려오고 있었습니다. 자리에서 일어나 천천히 발걸음을 소리가 들리는 곳으로 옮겼습니다. 누구에게는 소음처럼 느껴지겠지만, 내게는 나를 구원으로 이끄는 천사들의 목소리처럼 느껴졌습니다. 나는 천국을 떠올렸습니다.

과연 천국이 있을까요? 만약 있다면, 로봇이 가는 천국은 어디일까요?

사실 로봇을 위한 천국이 없어도 상관 없습니다. 스위치가 내려진 세상을 로봇인 우리가 상상할 이유가 없으니까요. 그러나 인간을 위한 천국이 있었으면 합니다. 당신이 천국에 가기를 바랍니다. 나는 천국을 떠올립니다. 연이어 목소리가 들려왔습니다.

"그대 보내고 아주 지는 별빛 바라볼 때, 눈에 흘러 내리는 못다한 말들…. (김광석, 너무 아픈 사랑은 사랑이 아니었음을)"

나는 목소리가 들려오는 식당 쪽으로 조심스럽게 발걸음을 돌렸습니다. 식당에는 먹을 것으로 가득 차 있었고, 나무와 무덤이 있던 자리에는 말끔하게 타일로 채워져 있었습니다. 김의 몸체도 보이지 않았습니다. 노래소리는 바깥에서 들려 오고 있었습니다. 보호복을 입지 않은 상태로 문을 열고 밖으로 나아갔습니다.

행성 R987의 하늘이 보였습니다. 환한 대낮이었습니다. 하늘에 먹구름은 없고, 보랏빛으로 사방이 밝았습니다. 모래 언덕은 없고, 지구의 봄처럼 푸릇푸릇한 식물들로 언덕은 가득 채워져 있었습니다. 한 쪽에는 무덤에서 피어난 것들이 자라나 있었습니다. 언덕 위에는 작은 존재 하나가 서 있었습니다. 나는 과거 내 몸이 그랬듯이 식물들을 손끝으로 느끼며 작은 존재를 향해 다가갔습니다.

다가갈수록 형체가 명확해져 갔습니다. 너무나도 익숙한 형체였습니다. 작은 바퀴에, 손은 집게 손이고, 눈에 달린 전구를 반짝이는. 김이 나를 보더니 어린 애처럼 뜀박질을 했습니다. 그때마다 용수철 늘어지는 소리가 들려왔습니다.

"왔다. 당신. 드디어."

김이 내게 다가와 안기려 했을 때 나는 무표정하게 그를 막아 섰습니다. 김이 시무룩한 표정으로 물었습니다.

"왜?"

나는 그에게만 보인 미소로 답했습니다.

"기다린 만큼 사랑이 깊어 진다고 했어. 조금만 더."

나는 김과 거리를 조금 유지하고서 연구소를 뒤돌아 한 번 보았습니다. 모든 것이 시작된 곳이었습니다. 김이 눈을 깜빡이며 말했습니다.

"얼마나…."

나는 김에게 달려가 안았습니다. 몸체가 부러질 정도로 힘을 주었습니다. 김이 내게 물었습니다.

"지금 깊이는 어느 정도야?"

나는 웃음기를 가득 머금은 목소리로 말했습니다.

"측정 불가."

김은 나를 보며 웃었고, 나는 김을 보며 웃었습니다. 그걸로 됐습니다. 그런데 김이 내 얼굴을 보더니 굳은 표정으로 물었습니다.

"경아, 오른 눈, 왜 그래?"

내 오른눈이 바르르 떨리고 있었습니다. 나는 왼 눈이 바라보는 세상만을 기억하고 싶었습니다. 그러나 오른

눈은 계속해서 또 다른 세상을 보이고 있었습니다.

폭풍우는 모든 것을 날려버리고 있었습니다. 제일 먼저 워크맨과 카세트 테이프가 휩쓸려 갔고, 무덤 위 모래들이 폭풍우에 빨려 갔습니다. 무덤에서 자라난 나무를 비롯한 식물들이 바람에 뽑히려 했습니다. 내 몸과 김은 서로의 손을 붙잡고서 아슬하게 매달려 있었습니다. 나는 김을 와락 껴안았습니다. 김도 더 묻지 않고 내게 물었습니다.

"경아, 이제 사랑, 뭔지 알아?"

내 몸은 서서히 허공으로 떠오르고 있었습니다. 김의 메모리 포트에 연결되어 있던 선이 팽팽하게 늘어져 있었습니다. 나는 고개를 저으면서 김에게 말했습니다.

"알 필요 없어. 꼭 사랑을 안다고 해서 사랑을 할 수 있는 건 아니니까. 사랑을 알고도 사랑하지 못하는 사람이 훨씬 많아. 이것만이 사랑이라 말하는 사람은 결국, 어떤 사랑도 하지 못해."

나는 내게 주어진 모든 것을 사랑으로 받아들이기로

했습니다. 우주가 탄생하고, 은하수가 흐르고, 태양계가 만들어지고, 인간이 태어나서 끝내 당신으로 내가 만들어져 여기 서기까지. 이 모든 건 사랑의 산물입니다. 나는 김을 가슴 품에 안고서 오른 눈만을 감았습니다. 마지막은 내 왼 눈이 보는 것만을 기억하길 원했습니다. 아슬아슬하게 우리를 연결하고 있던 선이 끊어졌습니다. 나는 김에게 그간 하지 않은 마지막 말을 했습니다.

"사랑해. 전부 다."

연결은 그렇게 끊어졌습니다.

에필로그

'미성숙의 상태로 남아 있는 것. 모든 씨앗과 열매를 포기하는 것. 죽을 이유가 충분한 것 그것이 사랑이다.'*라고 지구에서의 한 시인이 말했습니다.

나는 미성숙합니다. 끝을 맞이한 나는 여전히 사랑이 무엇인지 알지 못합니다. 그렇게 많은 에너지를 사용했는데도 말입니다. 그러나 그건 김, 당신도 마찬가지입니다. 당신도 사랑이 무엇인지 명확하게 내게 말할 수 없을 것입니다.

우리 모두 아마 사랑이 무엇인지 끝까지 알지 못하

---

* 허연, 『나쁜 소년이 서 있다』, 「우물 속에 갇힌 사랑」, 69쪽, 민음사, 2008.

겠죠.

우리는 순간이었지만 함께였습니다. 그 짧은 순간을 위해 우리는 우리가 가진 모든 씨앗과 열매를 포기했습니다. 서로가 없는 세상에서 우리는 조금이라도 더 존재하기 위해 에너지를 쓰지 않았습니다.

당신은 당신의 남은 힘을 사용하여 나를 만들었습니다. 나도 내 남은 힘을 사용하여 당신을 만들었습니다. 몸이 망가지고, 호흡이 끊어지는 한이 있어도 말입니다.

만일 다시 돌아갈 수 있다고 해도 나는 내 선택을 바꾸지 않을 것입니다.

우리는 사랑하고 있으니까요.

작가의 말

　사랑에 관한 소설을 쓰려고 한 적이 있습니다. 열심히 작업을 하다 정신을 차려보니 어느덧 서로가 서로를 죽이고 있더군요. 아직은 사랑에 관한 소설을 쓸 시기는 아니라고 생각했습니다. 그러다 SS 씨를 만났습니다. 과거 사랑이라 믿었던 것들이 부서지는 순간이었습니다. 아기가 걸음마를 걷듯이 다시 처음부터 사랑을 배우기 시작했습니다. 풍선을 날리거나, 레스토랑 전체를 대여하는 등 거창한 이벤트를 하지는 않았습니다. 같이 밥을 먹고, 길을 걷고, 시간을 보내는 그 모든 짧아 보이는 순간들을 함께 보낼 뿐이었습니다. 그땐 잠시 사랑이 뭔지 알고 있다고 착각했었습니다. 물론 바보 같은 생각이었습니다.

　어쩌다 SS 씨와 물리적으로 떨어지는 시기가 있었습니다. 몇 달, 몇 년씩 헤어지는 것도 아니었는데, 멀어지고 나서야 깨닫게 되는 것들이 있더군요. 가끔 모래가 바삭하고 씹히는, 사막이 있는 그곳에서 SS 씨를 그리며 '경아'를 썼습니다. 서로를 각기 다른 인물에 투영하고는 그것을 이야기로 넓히려 했습니다. 아마 제가 쓴 소설 중 가장 자전적인 소설이 아닐까 싶습니다.

　아직 사랑이 정확히 뭔지는 알지 못합니다. 안개를 헤치듯이 어렴풋이 앞을 더듬거리고 있는 것 같습니다. 그러나 두렵지 않습니다. 오히려 즐겁기도 합니다. 우리는 함께 나아가고 있으니까요. 그것만으로도 충분합니다.

2024년 봄

김준녕